新潮文庫

ぬしさまへ

畠中恵著

目次

ぬしさまへ

ぬしさまへ

1

「にきちさくしへ、ひとねおみでけしおりよろ、わすれ……何だろうね、この先は……」

長崎屋の若だんな一太郎《いちたろう》は、寝床に持ち込んだ文《ふみ》を見ながら、白い面をしきりにかしげていた。

この冬三度目の大熱を出したせいで、一太郎は分厚い夜着の下に、もう五日も放り込まれたままだ。脇《わき》を幼い頃から面倒を見て貰《もら》っている二人の手代《てだい》、五つほど年上の兄《にい》やたちにかこまれ、布団《ふとん》の上に起き上がる事も許してもらえないでいる。おかげで若だんなは今、たいくつの固まりだった。

ここ数日、江戸の冷え込みはきびしかった。通りには着物の下まで染《し》み込むような、冷たい師走《しわす》の風が吹きわたっている。だが季節というものは金のあるなしで、そのしのぎやすさを都合よく変えていた。

廻船《かいせん》問屋兼薬種《やくしゅ》問屋の長崎屋は、桟瓦《さんがわら》の屋根に漆喰《しっくい》仕上げの壁、間口が十間《けん》もある土蔵《どぞう》造りの店で、隙間《すきま》風とは縁がない。江戸十組《とくみ》の株を持つ大店《おおだな》なのだ。

店は日本橋から江戸一にぎやかな通町《とおりちょう》を南に歩いた先、京橋近くにある。大坂との間を行き来している三隻《せき》の菱垣《ひがき》廻船や、荷を小分けにして運ぶ茶船《ちゃぶね》という小舟を数多《あまた》持っている長崎屋の商売は大きかった。

店にいる三十名ばかりの奉公人の他に、大勢の水夫《かこ》や人足が京橋付近につけた船から出入りしている。他所《よそ》の河岸《かし》にも長崎屋の蔵はいくつもあった。

また廻船問屋の商売の他に、長崎屋は隣の店で薬種も商っている。これは体の弱い若だんなのため薬種を集めている内に、商いが大きくなって一本立ちさせたものだ。元より息子を助けたくて始めたものだから、良心的な値で良い物が揃《そろ》っていると評判で、なかなかの商売になっていた。

こちらの店を任されているのは、表向き若だんなという事になっている。しかし当の跡取り息子は相も変わらず、器用に病《やまい》を拾っては寝込んでいて、仕事どころではないことが多い。商売よりも病に経験豊富な玄人《くろうと》であって、若だんな自身、その事にうんざりしていた。

凝《こ》った作りの離れにある若だんなの寝間《ねま》では今日も、寒くないよう達磨《だるま》柄の火鉢《ひばち》にたっぷりと炭がくべられ、薬缶が羽毛のようなほっこりとした湯気をあげている。居心地は良いのだが、こうも臥《ふ》せってばかりでは、いいかげん病人でいるのにもくたびれるようで、若だんなは眉間《みけん》に縦じわを、くっきりとよせていた。

気鬱《きうつ》になると食欲が落ちる。それは困るとばかりに、手代達は若だんなの為《ため》に、時々離れに手遊びを持ち込んできていた。

今回の気晴らしは薬種問屋の手代、仁吉《にきち》の袂《たもと》に入っていた文であった。

「おてのいしたくそうろう……はっきり読めるのは候《そうろう》だけだね。ねえ仁吉や、この判じ物、懸想文《けそうぶみ》だろう。お前は読めたのかい?」

「袖《そで》に入れられたものを、全部読んでいるとも思えませんや。これだけ数があっちゃあ、目を通すのも煩わしい」

呼ばれた本人でもないのに横から返事をしたのは、廻船問屋の手代、佐助《さすけ》だった。

「仁吉ときたら、年の暮れの掛け取りに回って、金よりも多くの付け文を集めるのだから。相変わらずもてる男で」

「ほんとうだよ」

一太郎は笑い顔で、布団の脇に置かれた手代あての文を見る。本人は気に入らない様子なのだが、目もとの涼しい色男の袂は、艶《つや》めいた文を集める趣味がある。それは大人の拳《こぶし》三つぶんほどの山になっていた。

十七で臥せってばかりの若だんなは、縁談なら山盛り一杯抱えていたが、色恋の不思議には、まだ足先を突っ込んでいない。それで先ほどから興味津々《しんしん》、艶めいた世界を覗《のぞ》いていたのだ。

「ねえ、若だんな、この判じ物の文に限っては、今までのとは違うようだよ」

不意に、寝ている足もとの方から声がかかった。

「仁吉さん、お前さんきついこと言って、女の人を振ったことないかい？　末尾に〝しね〟と書いてあるじゃないか」

さらに続く言葉に、軋《きし》むような声が重なる。

「なんと、確かにそうだ。付け文じゃあなくて、脅《おど》しだったとは恐れ入る」

「それは御難な事で」

「白沢《はくたく》様が大事《おおごと》で。どうなさいまするか」

「身を守るに、仲間を集めまするか」

布団を取り囲むようにして、いつの間にやら幾人《いくたり》もの影が、部屋に現れていた。寝間の隅《すみ》にある屏風《びょうぶ》の中から半分身を乗り出しているのは、屏風のぞきという付喪神《つくもがみ》、屏風絵のままに、役者のような華やかな風体をしている。身の丈数寸、恐ろしげな顔の主らは、鳴家《やなり》という小鬼だ。心配げな言葉とは裏腹に、目にきらりとした光を宿して、何とも嬉《うれ》しそうな様子だ。

そんな尋常ならざる妖《あやかし》達が突然現れたのを見ても、若だんな達は騒いでも驚くでもない。第一、いつも一太郎の側にいる手代の佐助・仁吉からして、犬神《いぬがみ》と白沢という妖の名を持つ、人とは違う者どもだった。

長崎屋には主人の藤兵衛《とうべえ》も知らない秘密が隠されている。それは先代伊三郎の妻ぎんが、実は人ならぬ身、常から一歩外れた齢《よわい》三千年の大妖《たいよう》であったというものだ。武士だった伊三郎はそんなぎんとの恋のために、何もかも捨てて西国《さいごく》から江戸へ逃げてきて、商人《あきんど》となり店を開いたのだった。

つまり若だんなは、祖母から妖の血を受け継いでいるわけで、人の身ながら妖達がいれば、それと分かる。

ただ分かりはするが、だからと言って何が出来るわけでもない。ちょいと間抜けといえばその通りだった。

そんな体の弱い若だんなを心配して、祖父母が妖の兄やを二人、一太郎の守りにつけた。おかげで今長崎屋では、若だんなの周りに妖の姿が絶えない。達者な商売の腕より、子に甘い事で有名な長崎屋の主人夫婦と競うようにして、妖達は若だんなを守って甘やかしている。特に二人の手代らの過保護ぶりには極太の筋金が入っていた。

大きくなった頃には、そういう日々は常にはないことと気がついても、どうでもよいと感じてしまうほどに、若だんなは妖に馴染《なじ》んでいた。

そうした人ならぬ付喪神の一人屏風のぞきは、華やかななりが自慢の妖だ。だが、手代達ほど不可思議な力が強くない分、二人とはそりが合わず、嫌味な言葉が居場所を見つけて、飛び出してくる。

「仁吉さんも隅におけないね。若だんなのお守り一筋かと思ったら、そうでもない。陰で女をもてあそんでいて、恨まれたのかい」

「あたしがいつ、女にかまけて若だんなのお世話をなまけたって言うんだい？　くだらない事を口にしていると、井戸に放り込むよ」

仁吉にすごまれて、紙で出来た屏風の付喪神は時の間怯《ひる》んだが、それで引き下がるような、しおらしい性《しょう》の持ち主ではない。

「どこの女なんだい。名は何という？」

たたみかけて聞けば手代の顔つきは、闇夜《やみよ》に提灯《ちょうちん》をあごの下から照らしたような、物凄《ものすご》いものになってくる。

「もしかして、名前は〝くめ〟かい？」

「よほど井戸の塵《ちり》になりたいらしいね」

言葉より早く仁吉の手が伸びた。畳にのめり込まんばかりに押さえつけられて、付喪神はのどを詰まらせながら、必死にわめく。

「あたしじゃ……今のはあたしが言ったんじゃぁない」

「この性悪が。嘘《うそ》をつくんじゃないよ」

手代が一層のしかかる様にすると、声も出なくなった妖が、畳の上で手足を上に下に必死に振り回す。その二人を、のんびりとした声が止めにかかった。

「仁吉や、今しゃべったのは私だよ」

相手が一太郎と分かって、手代は笑い顔であっさり付喪神を横に放り出した。「馬《ば》鹿《か》な奴《やつ》」と漏らした佐助を睨《にら》み付けながら、屏風のぞきは息を求めて口をぱくつかせている。

「若だんな、〝くめ〟って名前を、どこから引っ張り出したんです？」

「この判じ物の文の、最後の文字だよ。これもしかして、〝しね〟じゃなくて、〝くめ〟と書いてあるんじゃないかい？」

四方から、布団の上の文に視線が集まる。束《つか》の間《ま》の静けさの後、寝間に妖達の笑いがはじけた。

「なるほど、なるほど。みみずの親類が墨壺《すみつぼ》に落ちて、もだえたような字ですが、これは〝しね〟じゃぁない」

「確かに〝くめ〟だね。凄いばかりの金釘《かなくぎ》流だ」

「同じみみずでも、棒を飲ませねば、この微妙な感じは出ませんな」

鳴家達は勝手に言い笑う。一太郎は床の中で苦笑していた。

「この文じゃあ、なかなか恋しい気分にはなれないよね。思うことが、みみずだもの」

「いったい、どんな女が書いたんだか」

若だんな達が笑い転げている中、仁吉は火鉢の側でいそいそと茶など淹《い》れ始めた。人とは違う妖の手代は、懸想文が若だんなの暇潰《ひまつぶ》しになればいいとだけ願っていて、その先がない。思いの丈《たけ》を込めたはずの手紙の主らには、何とも当て外れなことであった。

「それにしても文を書いたのは、いい年をした娘っ子のはずだろ？　どこで習ったのやら、こんな悪筆のまま放っておく師匠が、お江戸にいるのかね。その寺子屋はさびれること、うけあいだよ」

いつの間にやら立ち直ったらしい屏風のぞきが、布団の傍らに来て、また話に混じってきた。若だんなは小首をかしげて手代に問う。

「さびれちゃぁ、やっぱりまずいのかね」

「そりゃ、銭《おあし》が懐《ふところ》に入って来ませんから」

商人の心得が染みついた佐助が説明しながら、茶をのせた盆を若だんなの傍らに置く。

「寺子屋には普通、五節供《ごせっく》や、席書きという習字の発表の時に、謝礼を納めるんです。額は所によりまちまちで、二百文から、金一分くらいまででしょうかね」

「他にも、畳料だの炭料だの取る所もある。力量のない師匠と烙印《らくいん》を押されちゃぁ、謝礼は親の懐から出てきてはくれません」

話を引き取ったのは仁吉の方だ。

「世の中、銭の事にはきびしゅうございますからね」

手代は茶の横に、おやつの小振りな饅頭《まんじゅう》を盛った木鉢を置いて、「食べられますか？」と若だんなの顔色を心配げにうかがう。

菓子を見て周りにいる妖達の顔も、若だんなの具合はいかがかと、紺屋の染め物のようにいっせいに同じ方向にそよいだ。饅頭を口にすることができるなら、気の良い若だんなのこと、分けてくれるに違いなく、周りの者もお相伴《しょうばん》にあずかれるからだ。

「起きるよ」

己《おのれ》に集まる期待のこもった視線を感じたのだろう、一太郎は笑いを浮かべて、久しぶりに寝床の上に身を起こした。仁吉が機嫌よく菓子を小皿に取り分けようとした、そのときだった。

不意にじゃんじゃん、と、冬の空を短く固い音が渡ってゆく。

前置きもなく訪れる不吉な事触れ。半鐘《はんしょう》を続けてつくその音は、大火《たいか》の恐れありという知らせで、これが鳴ると火消人足が出る。手代達は言葉より先に、まず動いた。

「ちょいと、何するんだい!」

抗議の声を上げるより早く、若だんなの体は掻《か》い巻《ま》きの中にくるりと巻き込まれる。

「そんなことしなくても、歩けるよ」

文句を言う声が、急に聞こえなくなった風であった。佐助は若だんなの海苔《のり》巻《まき》を肩にひょいと担《かつ》ぐと、菓子鉢も茶も蹴《け》散《ち》らかして、縁側から外に飛び出る。長崎屋から目と鼻の先、京橋沿いの堀に浮かべてある船で、まず若だんなを火から逃がすつもりなのだ。

「お前達も饅頭にかまってないで、早く土蔵に逃げるんだよ」
後に続く仁吉に怒鳴られて、転がった菓子に飛びついていた鳴家達は、次々に姿を消した。屏風のぞきは、まさかお天道様の下を歩いて逃れる訳にはいかない。こういう時のためにと、若だんなが離れに用意しておいてくれた地下の穴に、己の本体、古い古い屏風を落とし込んで上を塞《ふさ》いでいる。

そうしている間に、二つずつ聞こえていた半鐘の音が、中からかき回すように打つ音に変わった。近火《ちかび》の証拠で、長崎屋の裏庭を出入りの左官が半纏《はんてん》をひるがえし、土蔵の目塗りの為《ため》に走っていく。

きな臭い風が吹いてくる中、一太郎はす巻きにされたまま、茶船と言われる廻船《かいせん》問屋長崎屋の商売用の小舟で、いち早く岸を離れていた。

「お前たち、よく一太郎を一番に逃がしてくれたね」
長崎屋の主人、藤兵衛が手代にかけた言葉に、当の跡取り息子は一人、ふてくされた顔を浮かべている。

火事が収まって一時《いっとき》たっていた。廻船問屋の奥にある居間には、安堵《あんど》の色を浮かべた奉公人らが、事後の報告に集まってきていた。

火の出所は木綿物《もめん》を扱う太物《ふともの》問屋福屋だという話だった。三、四年前、やはり長崎屋の目と鼻の先で火の手があがった時は、五丁まるごと燃えて、多くの家と人が、天を突く火の中に呑《の》み込まれた惨事となっている。

今回、長崎屋は火をもらうこともなく、誰も怪我《けが》一つしなかった。焼け落ちた正木町《まさきちょう》の数軒には気の毒な話だが、大事にならずに済んで皆ほっとしているところなのだ。

その火事の最中店も主人もほったらかして、若だんな一人が大事と、さっさと連れて出た手代達を、甘い甘い両の親は目じりを下げて褒《ほ》めている。それが当の跡取り息子には気に入らないこと甚《はなは》だしい。

「店を守らずに逃げちまったのに、いくらなんでもおとっつぁん、私に甘すぎるよ。まるで大黒柱ほどもある、飴《あめ》の棒のようだ」

一太郎の口から、妙な抗議の声が漏れる。

「お前さえ無事でいてくれれば、いいんだよ。うちは地面持ち、蔵持ちで船主だ。店が丸焼けになったとて潰れるもんじゃない」

あっさり言い返されて、若だんなは二の句が継げなかった。甘さもここまで筋金入りだと、親が堂々と見えるから不思議だ。

「まったく、よくも人並みに育ったもんだと、わたしゃぁ自分に感心するよ」

これだけ甘やかされているのに、博打《ばくち》も打たない。金も持ち出さない。破天荒なことをしない一太郎を親たちは、虚弱ゆえにわがままも出来ぬのだと不憫《ふびん》がる。手代達は手代達で、己たちの育て方がいいからと、のたまう。

いっそ真剣にぐれてやろうかと、その算段を考えないでもない若だんなだ。

「さて、もう火事も収まった。さぞかし疲れたでしょう。部屋で養生して下さいまし」

佐助がうれしくもない事を言い出したとき、小僧頭が居間に飛び込んできた。

「旦那《だんな》様、店表に日限《ひぎり》の親分が来ておいでで」

通町が縄張りの岡っ引きは、若だんなの顔なじみで、日限地蔵の近くに住まわっているところから、日限の親分の名のほうが、通りがよかった。その到来に藤兵衛は笑い顔を浮かべた。

「またなんぞ、一太郎におもしろい話でも聞かせに来てくれたのかね。お通ししなさい」

「それが……今日は、仁吉さんに用がおありとかで」

突然の指名に、若だんなは手代の方を振り向く。仁吉はかすかに眉《まゆ》をひそめている。

「なんでも……先ほどの火事の間に、人殺しがあったそうで。その事でと」

居間の中の数人は、思わず顔を見合わせていた。

2

「殺されたのは呉服町にある小間物商天野屋《あまのや》の一人娘で、おくめさんと言います。火事騒ぎの前に家を出たきり帰らない。家の者が心配して探していたら、中ノ橋辺りの堀に浮いているのが見つかりまして」

日限の親分、清七《せいしち》が通されたのは、日ごろ慣れている薬種問屋の奥座敷ではなく、主人藤兵衛の居間だった。店の手代へのお調べと聞いて、藤兵衛本人はいるし、若だんなは機嫌の悪い顔を向けてくるしで、岡っ引きは時ならぬ汗をかいていた。

「あの辺には火は行かなかった。炎から逃れる為に、堀に飛び込んだ訳じゃぁない。泳げぬおくめさんは用心深く、いつも川端には近寄らなかったそうです。誰ぞにつき落とされたのだと、天野屋では大騒ぎだ」

そう小間物屋に泣きつかれたか、たっぷりと金でも握らされたか、今日の清七親分は気を入れて調べている。

「一昨日《おととい》掛け取りに来た仁吉さんに、おくめさんは懸想文《けそうぶみ》を渡したんだってね。お嬢さん、今日は誰ぞに会うからと女中に言って、店をぬけ出している。相手はお前さんじゃないかと、天野屋では思ってるよ」

小間物屋は歯磨きやのどに良い飴も売っており、長崎屋と商いがあった。掛け取りにはいつも仁吉が回っている。

「確かにくめという人から、凄《すご》い文は貰《もら》いましたがね、会ってはいませんよ」

手代はそっけない言葉を添えて、離れから持ってきた付け文を、まとめて岡っ引きに渡す。こんもりと盛り上がった思いの丈の山を見て、日限の親分は目を見張った。

「これは羨《うらや》ましいことで。ところでおくめさんの文が凄いとは、どういうことだい」

「これですよ」

目の前に判じ物みたいな懸想文を突きつけられて、岡っ引きはうなった。この字では男がその気になっても、おちあう場所すら分からないだろう。

「それにね親分さん、ここ五日ほど若だんなは寝込んでおいででした。あたしはずっと付き添っていたんです」

「火事のときは、若だんなをつれて、三人で船で逃げました。そんな時におなごになんぞ、かまっていられるもんですか」

手代二人にてんでに言われて、日限の親分は眉間《みけん》に深いしわを寄せた。

(手代たちが育てたも同然の若だんなだからな)

その具合が悪いときに、この仁吉が女に会う為、店を抜けるなんぞ考えられない。長年つきあってきた岡っ引きには確信が持てる事だが、それを定廻りの旦那に納得させられるかというと、話は別だ。

殺しの手がかりがないかと、仁吉に重ねておくめの事を聞くのだが、知らぬの一点張り。そのうちに若だんなが気分が悪いと言い出し、しかたなく岡っ引きは店を辞した。

(下手人《げしゅにん》は、あの手代じゃないな)

それが分かったはいいとして、他に納得出来る考えが思い浮かばない。今日は長崎屋から、いつもの饅頭の土産も貰えなかった。清七はないないづくしに頭を抱えながら、寒風に追われるように通町を帰っていった。

3

「まったくあの親分に任せていたら、仁吉は人殺しにされちまいますよ」

半時《はんとき》ほど後、佐助が茶を出しながら、先ほどの事の次第を客にこぼしていた。離れには隣の菓子屋三春屋の幼馴染《おさななじ》み、栄吉《えいきち》、お春兄妹が、一太郎を見舞いに来ていた。

今日栄吉が一太郎の為に持ってきた品は加須底羅《カステラ》で、意欲作の南蛮菓子ながら、どうにも奇妙な風味の代物だった。

(栄吉が自分で作ったんだね)

相変わらず菓子作りが下手くそな友の心尽くしは、妙にぼそぼそとして何故《なぜ》か青臭い。布団《ふとん》の上に座り込んだ若だんなは、崩れやすい菓子を口に入れるのに苦労していた。

「それにしても、あのおくめちゃんが、仁吉さんに文を出してたなんてねぇ」

布団の傍にしおらしく正座したお春が、眉をひそめている。一太郎が加須底羅と格闘する手を止めて理由を聞くと、お春は亡《な》くなった人の事だから言いにくそうにして、苦笑を浮かべた。

「とにかく人の上に立つのが好きで、自慢が多い人だったの。たわいも無い事が多いんで、気にはならなかったけど」

天野屋は房州の出で、三年前の火事の後に呉服町の方に店を出したのだという。娘のおくめとは知り合って二月《ふたつき》だ。

「同じ三味線《しゃみせん》のお師匠様に習っていたの」

おくめは常々、嫁に行くなら大店の跡取りが良いと、稽古仲間に言っていたというのだ。父親が担ぎ売りから身を起こした人とかで、娘も上へ上への気持ちが強い。天野屋は大して大きくもない店だが、おくめは大店の娘のように、いつも供の女中を連れていた。

「仁吉さんはすらりとして様子が良いけど、お店の跡取りじゃないわ。おくめちゃんはなんで、付け文なぞ出したのかしら」

「恋にはまれば、思案の外なのさ」

自分で作った加須底羅を食べて、顔を引きつらせてしまった栄吉は、皿とにらめっこしながら上の空の返答だ。お春は、どうにも納得が出来ないという顔を栄吉に向けた。

「だって、長崎屋には跡取りの一太郎さんがいるのよ。若だんなの事は役者の信之介《しんのすけ》に似ているって、稽古場でも噂《うわさ》になってるの。なのになぜ、一太郎さん宛《あて》じゃないのかしら」

「信之介にはあばたがあります。あやつの方が、若だんなに似ていると言うべきですよ」

「お前、それじゃあ返答になっていないよ」

若だんなに言われても、佐助はぴんとこない顔をしている。妖《あやかし》である手代達の、人と一本ずれた所は相変わらずで、だからこそ一太郎は今回の人殺しの件も、気に掛かってしかたがない。

手代は知らぬ事とつっぱねて、それで済んだ気になっているが、下手人が上がらなければ、岡っ引きは仁吉を引っ張って、無理にでも事を収めようとするかもしれない。

(私が調べてみた方が、よさそうだ)

若だんなは加須底羅の皿が空《あ》くと、布団に再び横になる。その時ふと思いついたように顔を上げ、お春にたずねた。

「ねえ、そのおくめという娘さんだけど、悪筆で名が通っていたかい?」

「えっ? そういう話は聞かないけど」

三春屋の娘は、目を見開いた。

「おくめちゃんがお師匠様に出した、お見舞いの文を見たことがあるけど、女らしいきれいな字だったわ」

若だんなは、手代と顔を見合わせていた。

「おくめのこと、調べがつきましてございます」

二日としないうちに、離れの若だんなの寝間には、何やら得意顔の妖達が集まってきていた。一太郎は寝つきがちで、何を探るにしろ、外出《そとで》もままならない。見たり聞いたりしたい事が出来たときには、数多の妖達が、若だんなの大きな目と、よく聞こえる耳になるのだった。

「おくめはあまり評判のよい娘ではありません。女中相手に何かにつけ、いばり散らしていたそうで」

火鉢の周りに陣取って、いの一番に報告してきたのは鳴家《やなり》で、最初に口を開いたのがうれしそうであった。おくめは女中にくだらぬ雑用を言いつけては、それを楽しんでいる風であったという。

「あたしが聞きました所では、おくめはやさしい、気前がいい娘だとか」

異を唱えてきたのは獺《かわうそ》だ。これは屛風《びょうぶ》のぞきと競うように、派手な錦を着込んでいる美童姿の妖だ。寝間が居場所の付喪神の方は、それが気に入らずにそっぽを向いていた。

「よく奉公人に、物をやっているとか」

「そりゃぁおかしい。我が聞いたときは、よほど気の強い女だという話だった。何しろ自分を上回る者は、気に入らないとかで」

もうひとたりの鳴家いわく、以前は琴の稽古にも行っていたのだが、腕が自慢の朋《ほう》輩《ばい》とけんかになり、やめたのだという。

「話がかみ合わないね。慈悲深い子だと聞きましたよ。なんでも天野屋が昔世話になった店が焼けた時、一人生き残った娘を、親に頼んで店に引き取ってもらったとか」

これはみすぼらしい坊主《ぼうず》姿の妖、野寺坊《のでらぼう》の言葉だ。若だんなの両脇《わき》に陣取って聞いていた二人の手代は、眉をひそめている。

「なんだか訳の分からない話だね。皆、ちゃんと天野屋の娘のことを聞いたのかい？」

「我らは若だんなのお役にたちたいと、真面目《まじめ》にがんばっていますのに」

ご苦労賃だと、若だんなに出してもらった茶饅頭《まんじゅう》を三つも口に含んだまま、鳴家が抗議の声を上げる。だが佐助の顔は疑い深げだ。

「たとえば店に、おくめに懸想している番頭なり、いなかったのかい？　一人娘と添って、天野屋を我がものにしようとしていた、根性のありそうな奉公人がさ。娘がよその手代に惚《ほ》れたので、憎くなって堀につき落とした。そういう話なら筋が通る」

佐助がこれならと思いついた顚末《てんまつ》も、鳴家の一言で思案の外となる。

「それはないかと思いますが。天野屋には跡取り息子がいて、もう嫁もいる」

「おくめは一人娘じゃなかったのかい？」

「娘は一人きりなんで」

健命丸《けんめいがん》を口に放り込まれたような顔をして、佐助が黙った。今度は錦の振りそでをきらめかせながら、獺が口を開く。

「おくめは気が強かった。誰かに負ける事など、我慢ならない性でしたよね」

「それは確かですよ」

そう聞いて獺は鳴家に、大きく頷《うなず》いた。

「これはきっと、仁吉さんに文を寄越していた、他のお嬢さんとの争いですよ。男を取った、取らないで女の大喧嘩《げんか》。堀端で拳《こぶし》を振り上げているうちに、間違っておくめさんが落ちたに違いない」

得意げに話す獺に、若だんなの横から仁吉が、げんなりとした声をかけた。

「お前さんね、その話には無理がある。あたしは誰にも色よい返事は出していないものを、どの女と諍《いさか》いをするんだい？」

言われて獺は驚いた顔を手代に向ける。

「一人くらい、心をとろかされた女がいるでしょう？　そうすると、話が通るんですが」

首を振る手代に、獺は何やら悲しそうだ。

「それはないですよ。せっかくの面白い筋立てを……」

「皆、深読みしすぎるから、答えが見えないのじゃぁないんですかね」

次は我の番だと、文字通りくちばしを突っ込んできたのは、恐ろしい顔つきの鳴家だ。

「商人の娘が殺されたんです。普通に物取りに行き会ったと考えては？」

「火事の最中にか？　わしだったら、火事場泥棒の方を選ぶがね。天野屋は小さな店で、娘のおくめもそれほど贅沢《ぜいたく》な身なりをしていた訳じゃない。人のいなくなった店に入り込んで、金目のものを持ち出す方が、楽をして稼げそうだがの」

野寺坊の言葉に、鳴家が引っ込む。そこに真打ち登場という感じで、屏風のぞきの笑い声が響いた。

「まったく、誰も彼も分かっちゃぁいないね。これは狂言さね。そのあげくの事故だ」

「狂言？」

皆の視線が、付喪神に集まる。注目されて、屏風のぞきは心地よさげであった。

「おくめは恋文を送ったが、仁吉からの返答は来ない。待ち合わせ場所のお堀端にも、恋しい手代は現れなかった。だから傷ついたふりをして、わざと水に入ったのさ。あげくに間違って溺《おぼ》れたんだ」

「殺されたんじゃなかったと言うのかい？」

手代の問いに、派手好きな妖は大きく頷いた。

「それで話の平仄《ひょうそく》はあうだろう？　つまりはこれが真実なのさ」

得意顔で菓子鉢から饅頭をつまむ付喪神に、鳴家から横やりが入る。

「でも、おくめは泳げなかったと聞きましたよ。自分から水に入るのは変だと……」

「金槌《かなづち》だなんて、初耳だよ」

岡っ引きの話は母屋《おもや》の方でなされていて、細かい所は屏風のぞきの耳に入っていない。不満な口ぶりの付喪神を、あぐらをかいている野寺坊が笑った。

「真冬にざんぶりと、堀の水に入る女がいるものか。お前さん、その話は妙だよ」

ここにきて、言いたい放題話を作ってしゃべるのにも、言葉が尽きたかのようだった。妖達が黙り込む。

そこに達磨火鉢の横に座っている一太郎の、低い笑い声が聞こえた。

「なるほどね、面白い話だった。皆が枝葉を落としてくれたので、木が見えてきたよ」

その言葉に、妖達の目が、一斉に若だんなに集まる。

「おくめは、いばり散らすけど優しくて、競争心が強いが、慈悲深い女だったという話だよね」

長崎屋の跡取り息子は、何やら案じがついたのか、口元に皮肉の影を刷《は》いた笑みを浮かべている。

「おまけにその娘ときたら、大店の跡取りが好きなくせに、手代に付け文を出し、師匠への文は女らしい筆遣いなのに、恋文は金釘《かなくぎ》流と言うのも恥ずかしいくらいの字で書きなぐる。つまりはそういう事なのさ」

「そういうって……どういうんです？」

妖達は興味津々《しんしん》、若だんなの説明を待つ。ところが当の一太郎の心は、すでに次の算段へ移ってしまって、続きが出てこない。

「これで仁吉への疑いを晴らせるかね。さて、問題は日限《ひぎり》の親分さんをどう納得させて、下手人を捕らまえてもらうかだ」

「下手人がお分かりですか！」

「せっかくの事、こちらには妖がいるのだから、それを役立てるか。うん、それがいい。ねえ、誰ぞ水に強い、おなごの妖を知らないかい？」

「それなら……濡女《ぬれおんな》ならば適任でしょうが」

佐助の答えに、若だんなは大きく頷《うなず》く。

「じゃあ、私が清七親分に声をかけて、おくめが溺れたお堀端に来てもらうから、誰ぞ濡女をそこに連れてきておくれ。天野屋に文を書くのは、仁吉がいい。知った顔だからね。呼び出すんだよ」

さあとばかりに立ち上がった一太郎だが、なぜか妖達は部屋に座り込んだままだ。

「どうしたんだい？」と聞くと、「さっぱり、なにが何だか、分かりませんので」と返事が返ってくる。

「若だんな、あたしはおくめの幽霊にでも、文を出すんですか？」

仁吉でさえ、呑《の》み込めていない顔で、不安げだ。それにやっと気がついて、「あれまぁ、いけない」と、苦笑を浮べると、若だんなは事の説明をしに、座布団《ざぶとん》の上に戻った。

4

京橋から西に寄った、堀川にかかる中ノ橋のたもと。川岸に下って橋桁《はしげた》の後ろ、枯れ草が上背高く残った目につきにくい場所に、日限の親分は呼び出されていた。

「若だんな、本当にここにいれば、天野屋のおくめを殺した下手人が分かるんで？」

「疑うなら帰ってもらってもかまわないけど、親分、事の次第はもう見えておいでなんですか」

「そう言われると、返事もできない。じゃあ、しばらくは様子を見ますか」

話している間に、手代の仁吉が川端に降りて来るのが見える。伴っている影があり、岡っ引きには見たことのある顔だった。

「ありゃぁ、天野屋の女中じゃないですか」

「そう。おさきと言うんだそうだ」

若だんなの目が、じっと手代の後ろの女に注がれている。地味なこしらえの女は、不安げな顔だ。うれしそうな様子もある。どちらともつきかねて、ただ今は、男のいざないに従っている風であった。

水のふちまで行き着くと、仁吉は突然振り向いて、女に告げた。

「おさきさん、あんたが……あんたがおくめさんを殺《あや》めたんだってな」

「なにをいきなりっ」

驚いたのは女だけではなかった。岡っ引きの浮いた腰を、若だんなと連れの佐助が、必死に摑《つか》んで草陰に引き留める。

（親分さん、今出て行っちゃぁ、まずいですよ。まだおさきは何も返答していません）

（あ……あ、そうだったな。すまねえ）

納得してしゃがみ込んだものの、仁吉たちを見る清七親分の目は、大福のように大きくなっている。

「昨日夢の中に、おくめさんの幽霊が出たんだ。おさきに突き飛ばされて、堀に落ちたと言っていた」

「知らないよっ。あたしがなんで、お嬢さんを殺さなくっちゃぁならないんだい」

「おくめの事を、お嬢さんと呼ぶ身になった。そもそも、それがはじまりなんじゃないのかい」

仁吉は若だんなに言い含められた話を、おさきに繰り返している。問い詰められた女は顔の色を、堀の水のように暗い澱《よど》んだものに変えていた。

「あんたは元もと、担《かつ》ぎ商人だったおくめさんの父親が出いりしていた、小間物屋のお嬢さんだったそうだね。焼け出され両の親を失い、行くあてがなくなったのを、情けをかけられ天野屋へ女中に入った。立場が変わって悔しかったろうね」

「あたしは、精一杯勤めてます。拾ってもらって感謝しているわ。だから……」

「だから威張られても我慢したし、おくめさんが田舎育ちの悪筆を隠したくて、お前さんに代筆を頼んだ時も応じていた。そうだね」

「奉公人がお嬢さんの言う事をきくのは、あたりまえでしょう？」

おくめは己とおさきの境遇が入れ替わった事を、楽しんでいたと若だんなはみていた。それでことさらに主人として威張ってみたり、急に優しげにして、今はおさきの手には入らない物をあげたりしていた。

上へ上へ。おくめは自分の格にこだわる女だったのだ。

「だが今回あんたは、あたし宛《あて》の付け文を清書しなかった。あの文には驚いたよ。文の主も、おさきさんじゃなくて、おくめさんだったしね。掛け取りに行ったとき、時々あたしを見ていたのはあんたの方だろう？」

おさきが顔を仁吉に向ける。女の強《こわ》ばっていた顔つきが緩《ゆる》んだ。草の中に立ちつくしたまま、みるみる目に涙があふれてきて、今にもこぼれ落ちそうになる。

「お嬢さんは大店《おおだな》の跡取りにしか、興味がなかった。いつもそう言って……」

「そうだってね。なのに何故《なぜ》この仁吉に、文を寄越したんだい？」

「あたしの……気持ちを知ってて……」

言う先から、涙がこらえきれずにおさきの頰《ほお》を伝う。文の事もまた、一太郎の推測の通りらしかった。

(おくめは、おさきが仁吉に恋文を渡す前に、己の名で先に出そうとしたんだよ)

(何でまた、そんなことを)

貰《もら》うばかりで、付け文にはとんと興味のない手代は、呆《あき》れ顔で聞いたものだった。

(奉公先のお嬢さんが好きだと言っている相手に、女中が思いの丈を打ち明ける訳にはいかないじゃないか。おくめは多分、おさきとお前さんが恋仲になるのが、嫌だったんだろうさ)

(おくめの狙いは、大店のおかみになることだったはずです。なんで手代のあたしと女中のことが気に掛かったんです?)

どうにもぴんとこない顔の手代を、若だんなが笑う。寂しいような、いつもは見られない笑みだった。

(仁吉は出来る手代だからね。いずれは番頭になる。暖簾《のれん》分けだってあるかもしれない)

(あたしゃぁ、若だんなのそばを離れたりしませんよ)

(世間が見ている目を言っているんだよ。おくめの考えの事さね。せっかく今は自分

が主人、おさきは女中だ。しかしお前と添ったらおさきには、お店《たな》のおかみになる見込みが出てくるんだ)

それがおもしろくなくて、おくめは恋文の代筆をわざとおさきにさせた。こればかりはきれいに書き直す事が出来ずに、おさきはおくめの手、そのままの文を仁吉に届けたのだ。

(かわいそうに、おさきはどこで我慢ができなくなったのかね。おくめを殺めたのはおさきだろうが、そのことだけは分からないよ)

若だんなの深いためいきが、仁吉の耳に残っている。女が泣き出したのを見て、手代はこれで事が終わったと、手を差し伸べた。

「さあ、日限の親分に、何もかも話して楽になりなよ」

草深い中を一歩近寄る。その手を涙と共におさきが振り払った。

「何回言わせるんです? あたしはお嬢さんを殺しちゃぁいませんよ。確かにしくじりをして、しかられました。だから店を出る気だったんです」

他の店に奉公すれば済む話だと言われればその通りで、仁吉は言葉を継ぐことができなかった。一太郎が隠れている橋のたもとに、手代は困ったような視線を送る。

そのときだった。

おさきの目が大きく大きく見開いて、足もとの澱んだ流れの中に吸い寄せられた。

暗い水の中に、女の顔が揺らいでいる。

（お嬢さん！）

黒い髪がほどけて、顔の上を横に流れている。まっすぐおさきの方を向いている面の、その口が開いて……名を呼んでいるように見えた。震えが足先から登ってきて、岸から離れる事も出来ない。水底から手がゆるゆると伸びてくる。近づいてきて水面を割り、この世に這《は》い上がって来る。

それが褪《あ》せた紅の鼻緒ごと足先を摑んだとき、おさきのかん高い悲鳴が、橋の周りに響き渡った。

「殺す気じゃなかった。そんなつもりじゃぁなかったんです」

もう水の中を見ることも出来ないのだろう、しりもちをついて袂《たもと》で顔を覆《おお》っている。震えたまま、ひあぁ、ひあぁ、と、消え入りそうな叫びを何回も繰り返していた。

ここで日限の親分が、若だんな達の手から放たれて、草の中から飛び出した。おさきに近寄り堀の中を見てみるが、女中を怯《おび》えさせた何かを、岡っ引きは見ることは出来なかった。濡女はとうに、深い碧《みどり》の水底に消えた後だったからだ。

「子細はそこで聞かせてもらったよ。お前さん、殺してしまったおくめの幽霊でも見たのかい」

「あの日あたし、お嬢さんのお供をして、待ち合わせ場所の堀端に行ってました」

日限の親分のことなど目に入っていないかのように、ぶつぶつとおさきは言い募る。

「仁吉さんが来ないから……お嬢さんはちゃんと文を渡したのかって、問い詰めてきました。あたしはもうお店を辞める気で、字を直さずに渡したって正直に言いました」

ただ、もう目に涙は浮かんではいなかった。

「お嬢さんは怒って、あたしに拳《こぶし》を振るってきました。店を出る気だったから、素直に殴られてはあげなかった。そうして組み合っているときに、突然、鳴ったんです」

「鳴った？」

「半鐘の音。直《す》ぐにかき回すような打ち方の、近火の知らせになった。お嬢さんはそれを聞いて……にまっと笑ったんだ！」

「えっ？」

岡っ引きの目が、手代と若だんなの視線が、おさきに集まる。

「三年前の火事は、天野屋にとって、福の神だったんですよ。たくさんの店が焼け、うちの二親のように……大勢が死んで、財を失い店の借り手が減った。火事の後天野屋は、良い場所の店を、安く借りることが出来たんです」

　上へ上へ。成り上がるきっかけの火事の知らせに、思わず浮かんだ笑み……。その笑い顔を、おさきの手が堀に向かって突き飛ばしていた。後はもう、溺《おぼ》れるおくめを見ることも声を聞くことも出来なくて、死に物狂いでその場を逃れたという。

「火事から生き残った事を、氏神様《うじがみさま》に感謝しているつもりだったんです。真面目《まじめ》に働こう、皆そうして生きているんだからって。でも、前みたいにおっかさんが、甘い菓子をくれる事はない。おとっつぁんが、新しい簪《かんざし》が似合うと言ってくれる事は、もうないんです」

　言葉は細かく震えて、小さくなってゆく。

「平気だと思っていたのに。あたしいつの間に、心の奥底に鬼を飼っていたんだろう」

　頼るものがいなくなった身から、優しさがこぼれてやせ細ってしまったものか。おさきは今は涙も無く、うつむいている。

　岡っ引きは哀れむような顔を、おさきに向けていた。だが事が明らかになった以上、親分は下手人を引ったてなくてはならないのだ。しばしの後、若だんなたちに頭を下げると、女を堀端から連れていった。

「あの時の半鐘の音。あれが引き金だったとはね」

おさきの心を荒らしたという鬼。一太郎はその眷属《けんぞく》とも言うべき妖《あやかし》達に、火事の時、毛筋一つも傷つかないようにと庇《かば》われていた。同じ冬の風に吹かれても、肌に感じるその寒さは違うのだ。守ってくれるものの、あるなしで。

それでも風に転ばぬよう、足を踏ん張って立つしかない。独りぼっちの自分を、病がちの我が身を、己自身でただひたすら哀れんでしまったら、後は恨みの気持ちに頭の上まで埋《う》まって、他は何も見えなくなる……。

一太郎は首を一つ振ると、堀端にしゃがみ込み、袂から出した甘い菓子入りの油紙袋を、水面すれすれに差し出した。すると女の手が水面に現れて、紙包みを底に引き込んでいった。

「若だんな、これは申し上げておきますが」

「なんだい、仁吉や」

「あの女が言うように、鬼が全部、物恐ろしい訳ではありませんよ」

真面目に言い募る手代に、一太郎は驚いたような顔を向けた後、苦笑を浮かべる。

「分かっているさね」

ゆっくりと立ち上がると、若だんなは二人を連れて師走《しわす》の堀端を後にした。

栄吉の菓子

1

「大変だ。栄吉さんの作った菓子を食べた隠居が死んだ」

とろりとした日ざしが温かな昼すぎのこと。

薬種問屋《やくしゅどんや》長崎屋の店表に、今日はめずらしく体調のいい若だんな一太郎が顔を出して、帳場に座っていた。そこに大声を後ろになびかせる勢いで飛び込んできたのは、日限《ひぎり》の親分清七の下っぴき、正吾《しょうご》だった。

「どういうこと？　餅《もち》が喉《のど》に詰まったの？」

息を切らし、畳の端にはいつくばった格好の下っぴきの側《そば》に、若だんなが走り寄る。

栄吉は長崎屋の隣にある表長屋の店、菓子屋三春屋の跡取りだ。むつきも取れないうちからの幼馴染《おさななじ》み、病弱な若だんなの数少ない友の一人なのだ。それを知っている岡っ引きが、顔なじみのよしみで知らせをよこしてくれたらしい。

「あの……隠居が食べたのは茶饅頭《ちゃまんじゅう》でして。栄吉さんは先ほど番屋に連れていかれました」

正吾は何やら奥歯につっかえているような話し方をする。栄吉のこしらえたものが饅頭だったと聞いて、長崎屋の店にいた奉公人らが黙り込み、ちらちらと意味有りげな視線をかわした。

若だんなが幼友達の作った菓子をこまめに買うものだから、薬種問屋の面々は平素おすそ分けにあずかっている。皆、栄吉の菓子の味わいを得心していて、ゆえに喉元にこみ上げてくる、言うに言えない言葉があるのだ。

表の声が聞こえたのだろう、奥から生薬の入った袋を抱えた手代《てだい》の仁吉《にきち》が姿を見せた。正吾に目をやると、仲間の腹の内を代弁するかのように、ぺろりと洩《も》らす。

「なんだい、栄吉さんの作った菓子があんまり不味《まず》かったものだから、ご老人、喫驚《びっくり》仰天して心の臓が止まってしまったのかね」

「仁吉！　なんてこと言うんだい」

若だんながすぐに大きな声でたしなめる。だが育ての親ともいえる手代は、平気な顔だ。

人が遠慮と同情で、はっきりとは言わないことを口に出してしまう仁吉は、白沢《はくたく》という妖《あやかし》の名を持つものだった。もう一人の兄《にい》や佐助をはじめ、長崎屋には若だんなが幼い時より、幾たりもの妖が入り込んでいて、若だんなを守っている。若だんなが祖母ぎんから、妖の血を受け継いでいるからだ。

不可思議な者がいる方が心地よいほど、すでに若だんなは妖に馴染んでいる。だが妖と人との感覚の違いは時として、若だんなに頭をかかえさせるのだ。

「おまえね、いくら栄吉が餡子《あんこ》を作るのが苦手だからって、美味《おい》しくない饅頭くらいで人が殺せるはずないだろう？」

若だんなの常識的な言葉を、手代は鼻息一つで吹き飛ばした。

「なに、栄吉さんの菓子の不味さは、半端《はんぱ》なもんじゃぁありません。あれなら饅頭を作ったのが本物の菓子屋と聞いただけで、驚いてあの世に行けるかもしれない」

「……そこまで言うかい？」

悔しくて言い返してやりたいが、問題が栄吉の菓子作りの腕となると、すぐには庇《かば》う言葉が浮かんでこない。その間に仁吉が更に言い重ねた。

「ただの小豆《あずき》からあんな味の餡を作れるなんて、ある意味、凄《すご》いですよ」

「それは事実だけどね。だからっておいらの作った菓子が、石見《いわみ》銀山鼠取《ねずみと》り薬の代わりになる訳じゃぁないよ」

不意に、若だんなと手代の話に声が割って入った。通りの方に顔を向ければ、店先の日の下に日限の親分と栄吉の姿があった。長崎屋の奉公人たちがばつの悪そうな顔をして、視線を逸《そ》らせる。

「栄吉！　騒ぎに巻き込まれたんだって？　大丈夫かい？」

若だんなは素っ飛んで行って、友を迎える。着物の藍《あい》地を顔に映したかのように蒼《あお》く強《こわ》ばっていた栄吉の顔が、少しほっとしたものに変わった。

「若だんな、話したいことがあるんだが……奥へ通らしてもらっていいかい？」

日限の親分が珍しくも自分からそう言い出すのを聞いて、手代が眉《まゆ》を片側だけ上げた。事件の話になると踏んだ若だんなは、番頭に店を任せると、いつもの店奥の六畳ではなく、離れの若だんなの居間に二人を招き入れたのだった。

2

「死んだ隠居の名は九兵衛《きゅうべえ》。松川町の一軒家に独り暮らしの小金持ちでね」

離れで達磨《だるま》火鉢を囲むと、岡っ引きはさっそく騒ぎのあらましを話しはじめた。三人の前に仁吉が茶と菓子鉢を持ってくる。たっぷりと木鉢に盛られているのは、うまいと評判の菓子所金沢丹後の薯蕷《じょうよ》饅頭であった。

「九兵衛は八つ時の菓子に、三春屋で茶饅頭を求めたらしいんですがね、そいつを隠居所で食べている最中に急に苦しみだして、死んじまった」

「そんな状況で栄吉さん、よく番屋から出てこられましたね」

若だんなの側に座り込んだ仁吉の、これも遠慮のない言いように、日限の親分が苦笑している。

「本当ならとてものこと、帰してはもらえないところだがね。栄吉さんは運が良かったんだよ」

「運？」

「八丁堀の旦那《だんな》が隠居所を調べておいでのところに、九兵衛が飼っていた柴《しば》犬が現れたんだ。死んだ隠居が食べかけていた饅頭が半分、縁側に転がっていた。で、その犬が食べちまって」

「あ……犬は死ななかったんですね」

若だんなの言葉に、日限の親分が大きく頷《うなず》く。元気いっぱいな柴犬を見た同心は、疑いの目を菓子だけでなく、他にも向けたという訳だ。

「九兵衛のところの女中おたねによると、隠居は最近、急に具合が悪くなることが多かったそうな。病で死んだのかもしれない。今、医者が来て調べているよ」

「そりゃぁ、早々に疑いが晴れてようございました。なのに何で栄吉さんは浮かぬ顔なんです？」

手代に問われて三春屋の跡取り息子は、深いため息を洩らした。隣で岡っ引きが、どうにも具合が悪そうに身動《みじろ》ぎをする。

「隠居が死んだあと、おれが番屋に引っ張られたものだから、三春屋は大騒ぎになったのさ。不味い菓子が元で死人が出たなんてことになったら、菓子屋はやっていけないからね」

「だって、その件はもう済んだんだろう？」

己の膝《ひざ》に視線を落としている友に、若だんなが気遣わしげな顔を向ける。これに日限の親分が歯切れの悪い口調で答えた。

「まだ事の決着がついていないんでさ。犬のおかげで栄吉さんはとりあえず、番屋からは出られたが……。下手人《げしゅにん》が捕まるなり、病名が分かるなりしないことには、どうにも」

「今おれが店にいると、間違いなく菓子が売れなくなる。一太郎、悪いがしばらくの間、ここに居候《いそうろう》させてはくれないか」

「私はかまわないけど……」

若だんなの答えに、岡っ引きがほっとした顔つきになった。

「犬のやろう、気を利《き》かせてもう少し早く饅頭を食わねぇからいけない。そうすりゃ栄吉さんに、番屋に来てもらうこともなかったんですがね」

そう言うと、岡っ引きはそそくさと挨拶《あいさつ》をして離れを出て行く。珍しくも日限の親分が出された菓子に手をつけなかったものだから、仁吉が菓子鉢ほどの大きさに目を丸くした。

「親分さん、河豚《ふぐ》にでもあたって、今ものが食べられないんですかね」

「おいらと一緒にいると落ち着かないのさ。三春屋には知らせを聞いた親戚《しんせき》連中も来ているとか。店の評判をどうしてくれると、責められてはかなわない。逃げたのさね」

(身の置き所のないのは、親分さんより栄吉の方だろうに。菓子作りの腕が悪いからこんなことになったと、また親戚中に嫌味を言われる……)

一太郎にはこの先の、気を滅入《めい》らせる騒ぎが見えるようで、幼馴染みのことが気に掛かる。ともかくも二親に断わりを入れ、離れの一室、六畳一間に栄吉のための夜具や火鉢を運び込むと、さっそく友からもっと詳しい事の次第を聞きだそうとした。

ところが勇んで事の解決をという若だんなと対照的なのは、当の栄吉の方だった。知っていることは何とか答えたものの、「疲れた……」との言葉とともに、顔を暗くして早々に床についてしまう。

「このままじゃ栄吉は寝つきかねないよ。早くこの件の真相を見極めないと」

自分の寝間に戻った若だんなは、達磨火鉢の前で焦《あせ》りの言葉を口に乗せる。するとその言霊《ことだま》が煮凝《にこご》ったかのように、部屋の中にはいつの間にか、たくさんの影が現れていた。

「死んだあげくに迷惑を配っている九兵衛という隠居は、どういう素性の者なんです?」

こう聞いてきたのは、部屋に湧《わ》いて出てきた馴染みの妖達で、若だんなを囲むように座っている。一太郎の心配の元凶となった隠居に対しては、きびしい言葉しか出てこない。長崎屋に巣くう面々は、若だんなが大事という金科玉条を法の代わりにしているのだ。

「九兵衛は小金を持っていて、今でこそ楽な隠居暮らしをしているが、元々は定火消に属する人足で、気の荒いので有名な臥煙《がえん》らしいという話だ。日限の親分もまだ詳しいところは、分かっちゃぁいないようだよ。お前たち、すまないが隠居のことを調べておくれでないか」

言葉を聞くが早いか、手代を残して怪《あや》しの者達の姿が部屋から消えた。それを見た若だんなの口元に、笑みが浮かぶ。

若だんなは体が弱く寝ついてばかり。医者の源信の懐《ふところ》をせっせと豊かにしている日々だ。だが知りたいことがあったときは、夜の内に起こったことでも調べられる。妖達が若だんなの遠眼鏡になってくれるからだ。

人ならぬ面々の感覚が少々ずれているせいで、時々妙な具合に話が転がったりはしたが。

「若だんな、あたしは栄吉さんの件よりも、もっと気に掛かっていることがあるんですが」

一人残った仁吉が、にっこりとほほえみながら声をかけてきた。声を立てず、口の端を少し上げて笑うさまは、凄いばかりの男っぷりだ。鉄瓶の湯で淹《い》れた熱い茶が、若だんなの前に差し出される。

育ての親であり、兄やでもある仁吉にこういう笑い方をされると、悪さをしていなくても思わず身を引いてしまう。

「はて、思いつかないね。なんだい?」

「今日は少しもおやつを食べていませんね。また具合が悪いんですか」

思いっきり心配げな調子で言われて、若だんなは慌《あわ》てて饅頭《まんじゅう》に手を伸ばした。これから幼馴染《おさななじ》みのために一仕事しようと考えているときに、布団《ふとん》に放り込まれてはたまらない。

(饅頭って餅《もち》みたいに、喉《のど》に詰まることもあるのかね)

試しに命を賭《か》けて、半分ほど呑《の》み込んでみる。だが、茶を飲めば甘味は簡単に喉を下って、むせ込みもしなかった。

「やっぱりこいつで死ぬのは難しそうだね」

そうとなれば、九兵衛が死んだ理由は他にあるのだ。栄吉のために何としてでも事の真相を突き止めなくてはならない。でなければ菓子作りが好きなくせに、ため息が出るほど不器用な幼馴染みの将来は、ますます苦しいものになるからだ。

3

暮れ六つ時。

妖の調べは意外に早くついたらしく、若だんなの食べる物が、饅頭からもうじきに夕飯に変わるというあたりで、最初の姿が離れに戻ってきた。

「若だんな、あたしが一番ですか？　一番ですよね？」

一等が大好きな鳴家《やなり》は身の丈数寸の小鬼で、いつもながらの恐ろしい顔で若だんなの顔面に迫ってくる。一太郎は笑みを浮かべてその頭をなぜた。

「もちろんだよ。早い調べだこと。で、何が分かったんだい？」

褒《ほ》められて小さな胸を思い切りそらした鳴家は、達磨火鉢の脇《わき》にちょこんと座ると、仕入れてきたとっておきの話を告げる。

「元臥煙の九兵衛が一軒家で隠居としゃれこめた理由なんですが、富籤《とみくじ》らしいんです」

「おやまあ、当たったの！」

「九兵衛は博打《ばくち》が好きだったんですが、富籤も欠かさなかったようで。湯島天神様で二朱で買ったのが、一等の百両に化けたんです。利口なことに、九兵衛は朋輩《ほうばい》どもにむしられる前に、金を茶屋に変えたんで」

「富籤の一等って百両なんだ。それでお店《たな》が買えるのかい」

若だんなのぴんと来ない顔に、側《そば》に控えていた手代たちが苦笑している。

「若だんな、最下級の武士の俸給が、年に三両一人ぶちなんですよ」

「百両富で当たれば、十両神社に納めて十両は次の富を買うことになる。残りは八十両、茶店くらいなら全額使わずとも居抜きで買えましょう」

「その茶店のことだがね、九兵衛は自分の女にやらせて、己は遊んでいたらしい。おこうという名で、ちょいと色っぽい大年増《どしま》だったとか」

手代たちの言葉を継いだのは二番手に戻った野寺坊《のでらぼう》で、みすぼらしい坊主《ぼうず》姿の妖《あやかし》は、すっかり長崎屋の離れの常連だ。

「おこうのおかげで店は繁盛《はんじょう》していたそうだ。だが去年の冬に、惜しいかなこのいい女は、病であっさりと死んでしまった。九兵衛はそのときに店を売って、隠居したのさ」

「あれ、野寺坊がもうみんな、調べをつけてしまったか……」

帰ってきたところが、先着の者が説明の真っ最中。ふらり火は宙を上がり下がりしながら、退屈げにしている。羽が見えて、足がある。真ん中に犬のような顔が浮かんでおり、目はねむそうで半びらきだ。ちょうど手元の辺りに降りてきたものだから、若だんなが持っていた饅頭をその口に放り込むと、途端にぱっちりと目をひらき、とておきの情報を思い出した。

「そういえば九兵衛の隠居所には、まめに顔を出す者が何人かいたようですよ」

「身内かい？」

「女中のおたねによると、そういう者ばかりではないらしい。九兵衛はまとめて金食い虫たちと呼んでいたようで」

「へえ……」

手代たちと若だんなが目くばせをしあう。どうやら隠居の生活は安穏としたものではなかったようだ。次々と帰還した者たちからは他に目新しい話はなく、このあたりで今日の調べは一段落らしかった。

「次の手は、その金食い虫たちを調べるんですかね」

「お前たちが頼りだよ。明日からも頼むね」

若だんなに優しく言われて、部屋に満ちていた妖達は、目をとびきり輝かせて頷いた。

一日の仕事が終わった。こうとなれば気のいい若だんなは、ご苦労賃を出してくれる。酒や卵焼きや煮しめ、焼き物、握り飯の旨《うま》そうな匂《にお》いがする。甘い物もある。さあ、宴会だとばかり、妖一同満足げな顔で畳に座り込んだ時だった。

突然、襖《ふすま》が開いた。

若だんなは凍りついたかのように固まってしまい、火鉢の脇に座ったまま声も無い。顔だけが、現れた幼馴染みの方にかろうじて向けられた。

「栄吉、起きたのか。もう具合はいいのかい？」

「うん、落ち着いたよ。ありがとう」

そう言ってから、けげんな顔を浮かべて首をかしげている。

「何だか大層な食べ物が並んでいるね。お前さん、いつからこんなに食が太くなったんだい？」

聞かれても、今の今まで人ならぬ者が大勢、宴会を開きかけていたとは答えられる訳がない。若だんなは白い面に大いに引きつった笑みを浮かべると、夕餉《ゆうげ》を食べていない友を火鉢の側に招いた。

「一寝してそろそろ腹も空《す》いてきた頃だろう？　栄吉の好きな凍り豆腐もあるよ」

「それは嬉《うれ》しいね」

若だんなに向き合って座った栄吉に、山盛りにした飯が手代から手渡される。すると、天井からずん、と腹に響くような大きな音がした。

「おや、鼠《ねずみ》がうるさいこと」

仁吉の言葉に栄吉は笑いを浮かべる。

「こんな立派な作りの家にも出るんだ」

「それはもう、色々と」

手代二人が素知らぬ顔で栄吉の相手をしている間に、若だんなの手が卵焼きの四角い皿を、器用に体の真後ろの畳の上に隠す。すると部屋の隅から腕が一本伸びてきて、あっと言う間に皿を摑《つか》んで消えた。里芋の煮しめを取り分けた小鉢だの、焼いたするめの一枚だのが酒のちろりと共に消えたころに、栄吉が首をかしげ出した。

「一太郎、何か今日は食が進むようだね」

「これから栄吉を助けていかなくちゃならないんだもの。力を付けておくのさ」

だからといって、若だんなが燗《かん》をつける容器ごと酒を飲むわけがない。しかし今の栄吉には周りの細々したことは、目に入らないようだった。

「あのね一太郎、死んだ九兵衛じいさんだけど、よくうちの店で菓子を買ってくれていたんだ」

栄吉は何やら思い出したかのように、火鉢の達磨《だるま》をじっと見ながらしゃべり始めた。好物の煮しめにも、今一つ箸《はし》が出ていない。

「嫌味なじいさんでさ、おれが餡子《あんこ》を作った翌日には、必ず文句を言いにきたんだよ。

あんな不味《まず》いもので金を取るなんて、許せんと言って」

「わざわざ店にまで、そんなことを言いに来たんですか？　暇な野郎で」

佐助の一刀両断の言いように、栄吉が両の眉《まゆ》を下げた顔で苦笑を浮かべた。

「そう、嫌な奴《やつ》、暇で鼻に付く隠居さね。おいらの作った菓子を買っちゃぁ、嫌味を言う。それを楽しんでいるんだとさえ思ったよ。毎回、毎回、おれが作った菓子をよりだして買っていたからね」

「栄吉の作った方を選んだのかい？」

目を見開いた若だんなの顔を避けるように、栄吉が下を向いている。よく見れば涙が浮かんでいるようであった。

「ありがたかったんだよ。おいら、心の中で手を合わせてたんだ。どんなに文句を言われようが、とにかくおれの作った菓子を続けて買ってくれるんだもの。そんな人、何人もいやしないんだ」

番屋でのお調べのさい、日限《ひぎり》の親分にそう告げると、いつも若だんなから栄吉の菓子をふるまわれている岡っ引きは、低く唸《うな》り声をあげていたという。

「あの味の饅頭を、毎回ねぇ……」

親分は栄吉が九兵衛に好意を向けていることが、身に染《し》みてよく分かったようすだった。だがそれを八丁堀の旦那《だんな》にどう説明したらいいものか、困ったような顔をしていたらしい。

「今回番屋から出てこられたのは、犬のこともあるけれど、親分の口添えのおかげなんだよ。普通怪しいとなったら、ひっ括《くく》られたままだからね。おいらが捕まっていると、一太郎が心配して寝込む。すると長崎屋さんが文句を言ってくると、そう定廻りの旦那に言って出してくれたんだ」

「それはまた、手の込んだ話で」

手代たちは日限の親分の言いように、呆《あき》れ顔を作って笑っている。

金の有る無しで処遇が違うというのは、珍しい話ではなかった。長崎屋ほどの店が絡《から》むと、あちこちに金がばらまかれ、つてや顔見知りから手を回され、煩《わずら》わしいことになる。同心達もそういうややこしい話は関わりを嫌うのだ。いつのまにやら名前を出されていた若だんなは、友に苦笑を向けた。

「まったく、宵越しの金を持つのは江戸っ子の名折れ、なんて言う割りには、金、金、金、の世の中だよ」

「持たない、じゃなくて、持てない、というのが本当の所だろうさ」

必死になって小金をためたところで、頻発する火事に巻き込まれてしまえば、あっという間に無一文かもしれない。長崎屋のように火を貰《もら》いにくい土蔵作りの家を構え、家作や船を持ち、あちこちに蔵を建てていて、金の心配なしに火事から逃げればいいという金持ちは、本当に小指の先ほどしかいないのだ。

「とにかく九兵衛さんのためにも、おいらのためにも、早くこの件が片づくことを祈るよ」

そう話を結んだ栄吉が、食事の締めくくりに甘い菓子の皿に手を伸ばす。すると一際大きな、どん、という音が上から落ちてきた。

「相当な大鼠がいるみたいだね。石見《いわみ》銀山鼠取《ねずみと》り薬、置いた方がいいよ」

そうだねとは、口が裂けても言えない若だんなは、力なく笑うしかない。この調子だと栄吉が部屋に帰ってからの妖達との話し合いが大変そうで、そっと達磨火鉢の脇にため息をこぼす若だんなだった。

4

妖達は不機嫌だった。若だんなもかなりなところ疲れて、やけっぱちだった。おまけにそんな若だんなのせいで、二人の手代たちまで大いに虫の居所の悪い顔つきをしている。

「とにかく栄吉に悪さをするのを、止《よ》しておくれ！」

この言葉は最近、若だんなの口癖になってしまっている。妖達ときたら若だんなと宴会を奪ってしまった栄吉に対して、寄ってたかって嫌がらせを繰り返しているのだ。厠《かわや》に丸い石を転がしておいたり、栄吉がいない間に、部屋の中のものを動かしてしまったりする。廊下を歩けば木の実をぶつけてくるし、急須《きゅうす》の茶が、どくだみに変わっていたこともある。

そのたびに若だんなは必死に事を防ごうとする。栄吉にこの上嫌な思いはさせたくないし、第一、妖達のことがばれては大変だ。

そこのところを、綺麗《きれい》さっぱり考えないのが妖で、若だんなは飛礫《つぶて》を我が身で防ぎ、栄吉の代わりに廊下でひっくり返り、胃の腑《ふ》が仰天しそうな味わいの茶を飲んでいるうちに、すっかり食欲を落としてしまった。

「お前さんたち、若だんなを取り殺す気かい？」

眉間《みけん》に皺《しわ》を寄せた佐助が、低い声とともに畳に一発、拳《こぶし》を振りおろした。どん、と地から湧《わ》き出るような音が離れの部屋の床を渡って、集まっていた妖達の内、多くの者が波を打ってひっくり返る。

時刻は五つを過ぎた頃だった。今日はいつもより早くに、若だんなは寝床に入れられている。疲れている様子が見えたので、佐助が栄吉と若だんなを横にならせたのだ。

これで今宵《こよい》は栄吉が顔を出すことはないと踏んだらしく、妖達は一斉に若だんなの寝間に押しかけてきた。そこに待っていたのが、小鬼なぞ逃げ出したくなるような顔つきの、佐助の説教だったわけだ。

「あの栄吉がいけないんですよう。素直にあいつが、丸石を踏ん付けて転ぶべきなんです」

「そうです。あいつ目がけてどんぐりを放ったのに。若だんなのおでこに当たったのは、栄吉のせいです」

「あ奴が早くに出て行ってくれないと、ゆっくり酒も飲めないからの」

佐助の剣幕を恐れてはいるものの、妖《あやかし》達からは口々に文句がわき出て、どうにもおさまらない。その声を仁吉が軽い手の一振りで制する。部屋がぴたりと静かになった後、懐《ふところ》から静々と一枚の紙を取りだし、夜具の中に放り込まれている若だんなに見せた。

「これは……九兵衛の縁者の名かい？」

「九兵衛自身は嫁をもらわず、茶屋を任せていたおこうとの間にも、子はなかったそうです。年の離れた妹が一人、死んだ兄の子が一人、親類と言えるものはその二人くらいですね」

きっちりと名や歳《とし》、住んでいる長屋まで調べてきた手代に、若だんなは驚きのまなざしを向けた。

「凄《すご》いよ、仁吉。このところ結構店も忙しかったのに、いつの間に調べたんだい？」

言われて仁吉は、うすら笑いを含んだ顔で妖らを見る。整った顔立ちだけに、嫌味っぽいことこの上なかった。

「あたしはこいつらと違って、栄吉さんを追いかけ回しちゃぁいませんでしたからね」

「まったく、早く栄吉さんに三春屋へ帰って欲しかったら、九兵衛の一件を調べるが早道なのに、考えがお粗末な者ばかりだよ」

佐助にまで見下すように言われて、手代たちとは長年そりの合わない屏風《びょうぶ》のぞきが、ものも言わずに真っ先にその姿を消した。

「我らも調べまする」

「やれ、妖を使うのが上手《うま》いね」

言葉だけを残して他の妖達も、きれいに若だんなの寝間からいなくなった。満足そうな顔の手代たちに、若だんなは横になったまま疑問をぶつけてみる。

「ねえ、九兵衛さんが金食い虫と呼んでいたのはこの親戚《しんせき》達だろうか」

「他にもいるでしょうが。この二人は、その嫌な虫に違いありませんね」

妹はお加代と言う名で、飾り職人の女房なのだが、酒が過ぎる亭主はもうずっと、仕事の手が遅くなっていて稼ぎが悪いという話だった。兄の隠居所へ通う用は、金の無心だったらしい。

九兵衛が亡くなると、これで借金が無しになると言っていたというから、冷たいものだ。

次助という甥《おい》の方は、もう三十になろうかというのに独り者で、季節ものの品を売り歩く際物師《きわものし》だという。叔父の跡目は自分だ、そして早々に九兵衛の代わりに若隠居になれたらどんなに楽かと、よそで洩《も》らしていたことがあるそうだ。

「何だか情を感じない身内だね」

若だんなは枕《まくら》の上でしかめつらを作っている。

「親戚なぞ、そんなものでしょう。旦那様のお身内だとてそうです。若だんなの葬式をして、己らのでき損ないの子を、長崎屋の跡取りにする夢をみているじゃぁありませんか」

「毎年お年始に見えたとき、まだ若だんなが息をしているのが分かると、皆さん残念そうですよ」

手代らにこう指摘されると、若だんなは笑うしかない。

「九兵衛さん、金のために誰かに殺されたのかしら」

若だんなの真正面からの問いには答えず、仁吉は紙と硯《すずり》を乗せた文机《ふづくえ》を居間の中央に運んできた。

「ほどなく妖達が色々調べてまいりましょう。話はそれからで」

手代は紙の上に、墨跡も鮮やかにお加代達の名を記してゆく。この紙に書かれる名の内、どれかが九兵衛を殺した下手人のものに違いないのだ。

「九兵衛の隠居所に出入りしていて、金食い虫と呼ばれていたのは全部で四人。身内は、先に名が出たお加代と次助。後は茶屋を任せていたおこうの息子で竹造、女中おたねの娘でお品というのがその虫だ」

翌日の昼時、早くも妖達は人間関係を探り出し、長崎屋の離れに集まってきていた。最初に口を開いたのは、今日ばかりは鳴家ではなく、派手な風体の屏風のぞきだ。栄吉は久しぶりにこっそりと三春屋に帰っていて、離れにはいなかった。

文机と、火鉢の横の若だんなを囲むように妖の輪が出来ている。その中で、さあ、これでどうだと息も荒い屛風のぞきの報告を、仁吉が澄ました顔で紙に書き取っていた。

「竹造は九兵衛の子ではないが、おこうが生きていた時は、茶屋を切り回す母親から小遣いを貰って、ろくに働かずに暮らしていた。卵売りだといいますが、だれも精を出している姿を見たことがないそうで」

鳴家たちの聞いてきた事を集めると、竹造は母が死んでからも苦労のない生活が忘れられず、九兵衛のことを父と呼んでは金を無心しに来ていたという。

九兵衛の残した金については、子供が父の金を貰うのは、当然だと言っているという。

「残る一人、女中おたねの娘お品だが、こやつなかなか凄《すき》まじい。まだ十六なのだがの、九兵衛を色香で誘っていたというのだ」

野寺坊の言葉に、若だんなは笹餅《ささもち》に伸ばしていた手を止めた。

「九兵衛じいさんて、いくつだったんだい？」

「もう還暦を迎えていたというから、お品の祖父より年上だったらしい。お品にはその方が良かったようだよ。夫婦にさえなれば、あとは早くに後家になりたいって所だったんだろうさ」

その言葉に続いたのは獺《かわうそ》の報告で、いつもきらびやかに着飾っているだけあって、目を付ける所は他とは違う。

「九兵衛もそこのところは見えていたらしく、若いお品に着物や紅は買っても、祝言《しゅうげん》を上げようとはしなかったらしいよ。でも、お品が手に入れていたのは、上物の小町紅だよ。着物だって古着じゃぁないんだ」

高直《こうじき》な紅一匁《もんめ》は金一匁ほどもする。あの娘はやり手だと、感心しきりの獺だ。事実お品は、自分は九兵衛の女房だと主張して、残った金をさらってゆこうとしているらしい。

若だんなの膝《ひざ》の前に歩んできた鳴家たちが、小さな両の手を着物にかけて、嬉《うれ》しそうに顔を見上げてきた。

「どいつもこいつも、九兵衛が死ねば喜ぶ手合いばかり。良かったですね、若だんな。下手人は選り取り見取りですよ。これで事は終わりますね」

「人殺しは一人に絞らないとまずいんだよ。そうでないとこの一件は収まらないのさね」

「大人数じゃいけないなんて、そりゃぁ贅沢《ぜいたく》な考えで」

鳴家から説教をするように言われて、若だんなは時の間、言葉を失ってしまった。

「と、とにかく日限《ひぎり》の親分に納得してもらうには、一人きりの下手人が必要なんだよ」

そう若だんなに言われれば、仕方がない。妖達はまた金食い虫達を調べに走ることとなった。離れの寝間に疑問を一つ残して。

「親分さんは、饅頭《まんじゅう》はいちどきに三つも四つも食うくせに、何で下手人は一人が好きなんですかね？」

答えを知っている者は、お江戸中探してもいないに違いなかった。

5

「何の毒かは分かっていないが、九兵衛さんが一服盛られて死んだことは確からしい」

医者がそう言っていたと、若だんなに知らせてくれたのは、例によって日限の親分だ。長崎屋に来れば、茶菓子はたっぷりと出るし熱心な聴き手もいる。しかも帰るときには、袂《たもと》にいくばくかの金子《きんす》の包みが落とし込まれると決まっている。親分の足は自然と、若だんなの元に向かうのだった。

「じゃあ栄吉はどうなるんですか？　まさかまた、番屋に連れていかれるの？」

「いや、八丁堀の旦那《だんな》の目は、もう栄吉さんの方には向いちゃぁいないよ。九兵衛じいさんを殺したって客が減るだけで、栄吉さんには何のいいこともないからね」

心配げな若だんなの顔を見て、日限の親分は笑って右手を振った。

「九兵衛さんの周りには、金に汚いのが揃《そろ》っていてね。まだ死んだ理由もはっきりとしていないのに、己が九兵衛の家、金を継ぐのだと言い張っているのが、四人もいる。どうだい、うさん臭かろう？」

（あの金食い虫達だね）

日限の親分は、さすがにその者たちの名は上げなかったが、こちらはすでに調べはついている。

（九兵衛が殺されたと決まったからには、早くに下手人を捕まえないと、栄吉が安らげない）

先日久しぶりに家に帰った栄吉は、思ったとおり親戚連中に責め立てられて、半泣きで長崎屋に逃げ帰ってきたのだ。

「それじゃぁ、今日はこのへんで」

笹饅頭を四つも平らげた日限の親分は、良い機嫌で立ち上がる。するとどうしたことか、急に頭が右に大きく傾き……若だんなが目を見張るほどの地響きを立てて、大の字にひっくり返ってしまった。

「親分さん、大丈夫ですか？」

「あいたた……なんぞ踏ん付けた」

言われて畳の上を見回すと、部屋の真ん中にまん丸い小石が一つ、転がっている。栄吉目当てに妖達が持ち込んだ罠《わな》の一つに違いなかった。

「済みません、何でこんなものが部屋の中に……」

ひたすら謝る若だんな相手に怒るわけにもいかない親分が、腰をさすりながら離れから帰ってゆく。その前屈《かが》みの格好が離れから消えるとすぐに、嬉しそうに笑っている顔がいくつも部屋の隅に現れた。

「これはいい気味で。親分はいつも我らが若だんなのために探った事を、先にしゃべってしまうんだもの」

「鳴家《やなり》！　こういうことはしちゃぁ駄目だと言ったのに」

若だんなが渋い顔を浮かべた。反省の色を見せない鳴家たちに、何事が起こったかと店表から飛んできた仁吉がきびしい目を向ける。石ころをひょいと拾うと、それで鳴家の頭を小突いた。

「親分さんだったから良かったものの、若だんなが転んだらどうする気だったんだ！　えっ？」

「仁吉、その言いようじゃぁ日限の親分が気の毒だよ、ねぇ」

若だんなは苦笑いだ。居間の中を小鬼達がちょろちょろと逃げ惑う。それを仁吉が追う。目まぐるしい動きに、止めかねている若だんなの目の前に不意に、横から一本の緑の枝が差し出された。

「これはなんだい、屛風のぞきや」

「しきみさね。仏壇に供えてあるのを、若だんな見たことがあるだろう？」

小枝を片手に屛風から現れた派手な付喪神《つくもがみ》は、にやりとした笑いを浮かべると、若だんなの側《そば》に座り込んだ。

「こいつは九兵衛の隠居所に植わっていたものだ。知っているかい、若だんな。しきみには、大層な毒があるんだよ」

「九兵衛さんはこいつで殺されたって言うの？」

目を見張る若だんなに、屛風《びょうぶ》のぞきの顔は得意げだ。

「盛られた毒が石見銀山鼠取り薬《いわみぎんざんねずみとりぐすり》だったら、医者だってすぐにそれと分かるんじゃないかい？　未《いま》だに毒の見当がつかないってことは、こういうものが使われたのさ、きっと」

いつの間にやら部屋の中は静まって、屏風のぞきが喋《しゃべ》るのに聞き入っている。そのとき、気持ちよさげな喋りの中に割って入ってきた者がいた。

「毒というなら若だんな、九兵衛の庭にはこんなものもありましたよ」

庭先から姿を現したのは蛇骨婆《じゃこつばば》で、一見白髪頭《しらがあたま》の老婆《ろうば》のように見えるが、よく見るとおおよそ老人とは思えない肌艶《はだつや》だ。差し出したのはやや幅広の葉の鉢植え。よく庭先で見る植物だった。

「これは万年青《おもと》じゃないか」

「こいつは一部を摺《す》り下ろして飲ませると、人にはようく効く毒となるんですよ」

「へえ……」

馴染《なじ》み深い草で人殺しが行われたかもとの言葉に、若だんなは感心した声を出した。するとどこで聞いていたのか、我も褒めて欲しいとばかりに妖《あやかし》達が次々と現れて、怪しげな草木の話を離れに持ち込んできた。

「毒草が入用なら、九兵衛の家には桔梗《ききょう》が植わっていたぞ。あれなぞ花は綺麗《きれい》だが、なかなかに恐ろしい毒草で」

野寺坊が言えば、獺が続く。

「それならば水仙だとて、結構怖い。にらと間違えて葉を食べてしまい、医者にかつぎ込まれたという話を聞きました」

「馬酔木《あしび》も庭に生えていました。あれも毒があるという話ですよ」

鈴の付喪神である鈴彦姫《すずひこひめ》まで加わってきて話をまとめると、どうやら九兵衛の家は毒草だらけのようであった。

「一つの庭に植わっていた草木が、たまたまこんなに毒を含んでいたものばかりだったっていう偶然が、あると思うかい？」

眉間《みけん》に皺を寄せた若だんなが、達磨《だるま》柄の火鉢を抱えるようにしながら、隣にいる手代たちに話を振る。二人ともあっさりと首を横に振った。

「田舎の話ならともかく、お江戸のど真ん中、九兵衛の隠居所は庭といっても猫の額ほどでしょう。こんなにいくつも毒草ばかり集まるもんじゃありませんや」

「この内、いったいどの毒草で殺されたのやら」

「そこいらにある毒草を使ったとすると、まずいね」

ほおづえをついた若だんなは渋い顔を作る。

「薬種問屋で毎日生薬を扱っている者として言わせてもらえば……お調べに加わった医者でも、毒だろうとは見当がついても、細かい種類までは分からないだろうよ」

「たぶんそうでしょう。あたしらにも、ちょっと……」

仁吉も声を揃えると、集まっていた妖達は納得できない様子で二人の顔を見る。

「そんないいかげんなお二人が、毎日薬を売っておいでなんですか？」

「長崎屋で薬を買っても、効くか効かないか、博打《ばくち》のようなものですね」

ずけずけと言う鳴家たちに向かって、仁吉が不機嫌な顔で手を振った。すると、小さな旋風《せんぷう》のようなものが起こって小鬼達を巻き上げ、きゃわきゃわという悲鳴と共に、部屋の隅に積み重ねてしまう。

「死にざまも遺体も見ちゃいない。扱い慣れた薬でもない毒草の見極めがつくものか！」

どうやら若だんなの悪口を言ったことが、手代の気に障《さわ》ったらしい。こういうときにはいつも、若だんなが助け船を出すのが常なのだが、何故《なぜ》か今日は黙って考え込んでいる風だった。

「どうかしましたか、若だんな。具合が悪くなったんですか？」

佐助が聞いても返事をしないものだから、やれ薬の支度だ、頭を冷やす手ぬぐいだと、騒ぎが起こる。その手代たちの足が、若だんなの一言でぴたりと止まった。

「博打という言葉が、何だか引っかかったんだよ」

「死んだ九兵衛は根っからの博徒だったようですが」

それがどうかしたのかという手代の言葉に、若だんなはもらったしきみの枝を振った。

「毒を含んでいるといったって、こういう生の草は扱いが難しい。都合よく死ぬほど食べさせるのは大変じゃないかね」

「最近、九兵衛は具合を悪くする事が多かったという話だろう？　欲の皮の突っ張った素人《しろうと》連中に何度か毒を盛られては、死に損なってたんじゃないかい？」

屏風のぞきがまた横から口を挟むと、若だんなは、そこだとばかりに頷《うなず》いた。

「富籤《とみくじ》を茶屋に化けさせたんだ。九兵衛は目端が利《き》く。臥煙《がえん》だったんだから、気が弱い訳でもなかろう？　どうして何回も黙って毒を盛られていたんだろう」

「誰ぞの土産を食べて具合が悪くなれば、用心して食べ物には気を遣いそうなものですよね」

佐助が頷けば、仁吉が今気がついたという風で、眉《まゆ》をひそめる。

「大体、何で毒草が九兵衛の庭に集まっているんですかね？　庭から摘んだ毒をそのまま食べてくれる訳でもなし、食べ物に混ぜて九兵衛のところに持っていくなら、あんな所に植えておく必要もないのに」

手代の言葉に、若だんなが大きく目を見開いた。

その時だ。背後で出し抜けに襖《ふすま》が開く。驚いた顔のまま、若だんなは飛び上がった。

「一太郎、これ、家から持たされた菓子だ。さっき帰ってきたとき、渡しそびれていたよ」

突然の声の主は例によって栄吉で、今日は甘餅《あまもち》を折りに入れて持ってきた。揃って形の美しい餅は明らかに父親の三春屋が作ったもので、息子が居候《いそうろう》している事への礼に違いなかった。

「こんなに気を遣ってくれなくてもいいのに」

若だんなは引きつった笑みを浮かべて甘餅を押しいただいた。鳴家は不思議と人目に付かない妖だし、仁吉たち手代は若だんなの部屋にいても怪しくはない。他の妖達は素早く隅の暗がりの中に、その姿を隠している。

しかし、どうにも格好がつかなかったのが屏風のぞきだ。人型を取っているから他所《よそ》では目についても何とかなるが、屏風を見慣れている栄吉の前に出るのは不味い。空になっている屏風を見つけられるのは、もっと不都合だと言うわけで、死に物狂いで元に戻ったらしく、絵の中で後ろ向きにひっくり返っていた。

手代たちは落ち着いたもので、甘餅に茶を添えて、二人の前に出している。さっそく一つ摘《つま》んでほおばる若だんなに、栄吉が情けなさそうな声で頼み事をした。

「済まないが、もう少しの間、ここに居ていいかい?」

「いちいちそんなこと言わなくっても、好きなだけ居ればいいのさ。でも、どうしたんだい? もう親分さん達の疑いは消えたんだろう?」

若だんなの言葉に、栄吉の顔がゆがむ。

「表向きはそうなっているが、九兵衛さんは毒で死んだからね。やっぱり原因はおいらの作った饅頭《まんじゅう》にあるのではと思っている親戚《しんせき》が、一人ではなくいるのさね」

岡っ引きの親分が違うと言っているのだから、真正面から栄吉を責めてくるようなことはなくなった。しかし、だ。

「まるで絽《ろ》の着物を透かして見るように、縁戚達の考えが分かるのさ。長いつきあいだもの。声に出さずとも腹の内は見えてしまう」

そういう手合いに変に慰めの言葉を言われると、相手の心の底と違うと承知しているだけに、かえって辛《つら》くなると栄吉はため息をついた。

「そうかい、そんなにはっきりと見えるものか……」

幼馴染みの言葉に、若だんなは何やら考え込んでいる。長崎屋では阿波《あわ》の上等な砂糖よりも甘く甘く若だんなに接する者ばかり。こういううすら寒いような話は人から聞くよりほかないが、栄吉が語ったやり取りは、若だんなに何やら考えさせるものがあった様子だ。

そのまま夕餉《ゆうげ》を一緒に食べて、やがて部屋に引っ込むため立ち上がった栄吉に、

「九兵衛さんが店に来なくなって寂しいかい？」

そう尋ねると、すなおに首を縦に振った。

「菓子を買いにきちゃぁ、長々と話をしていったからね。それが急になくなったんだもの」

老人の思い出を語る声も、しんみりとした調子だ。やり手でがめつい博打打ちの老人が、栄吉の口から姿を現すと、別人のように感じられる。

「そうか……」

栄吉が消えると、張り合うようにまたぞろ妖達が部屋の中に現れてくる。それに何やらしかめつらの若だんなが声をかけた。

「もう少しで栄吉も家に帰れるよ」

「では、下手人が分かったんで？」

寝間に布団《ふとん》を敷いていた手代たち、鳴家や屏風のぞき達が一斉に手を止めて若だんなを見入る。

「だから……」

「はいっ」

「お前たち、ちょいと植木屋を調べておくれでないか」

「はあっ？」

ときどきかみ合わなくなる会話で、妖達の方が困ることは珍しい。皆のきょとんとした顔を見て、若だんなは少し顔を明るくして笑い出していた。

6

なにやらどんよりとして、雲が空の底に引っかかっているように見える九つ過ぎ。いつものように日限《ひぎり》の親分が長崎屋に顔を出したとき、珍しくも見知らぬ先客が離れに通されていた。

「これは親分さん丁度良い所に。今、来てくださらぬかと、使いをやるところでした」

歓迎して火鉢の横に座ってもらうと、頭を下げた職人風の男を、親分が少しばかり首を傾《かし》げて見ている。男は半纏股引《はんてんももひ》きに三尺帯というなりだが、足袋《たび》を履いていない。大工ではなさそうだが、はて何をしているのやら、とっさに思いつかないのだろう。

「親分さん、こちらは駒込から来ていただいた、植木職の庄三郎さんで」

「おや、長崎屋さんでは新しく庭を作り直しでもするんですかい」

本郷の先から職人を呼ぶとは、大店《おおだな》は違うねと、日限の親分はお愛想を言う。

「おっかさんが種を蒔《ま》く秋草のことを聞きたいからと、来ていただいたんです」

若だんなはちらりと手代の方に目をやってから、話を続けた。

「ところで、さっき聞いたんですがね、庄三郎さんは、亡《な》くなった九兵衛さんの隠居所の庭を作ったそうなんです」

話が先の殺しの方に向かうと分かった岡っ引きは、ぐっと表情を引き締める。珍しく仁吉が差し出した甘餅に、すぐに手を出すこともない。

「庄三郎さん、日限の親分の前で、もう一度隠居所に植えたものの名を言ってくれませんか」

年の頃なら五十搦《がら》みの体格の良い職人は、頷くといくつもの名をあげた。

「草木は……馬酔木、桔梗、水仙、しきみ、曼珠沙華《まんじゅしゃげ》、れんげ躑躅《つつじ》。そうそう、万年青の鉢植えも置きましたかな」

「親分、これらの草には、みな毒があるんです」

「なんと……」

自分にも馴染《なじ》みがあるような花まで毒だと聞かされ、岡っ引きは驚いた様子だったが、薬種問屋の若だんなの言葉では納得するしかない。

「九兵衛に一服もるために、庭に毒草を植えた奴《やつ》がいるんだね」

更にきびしい顔になった親分だったが、何故だか若だんなは頷かない。また庄三郎の方を向くと、別のことを尋ねた。

「九兵衛さんの庭に植える草木を注文したのは、誰です？」

これに庄三郎はあっさりと答えた。

「もちろん九兵衛さんご本人で。植えるものにはこだわりがあったようで、細かく指示がありましたよ」

「は？　九兵衛さん自身が毒草を植えさせた？」

これは日限の親分にしてみれば意外な話の展開だったとみえ、言葉が続かない。植木屋が知っていることは、これですべてだというので、若だんなは庄三郎を母親のおたえの部屋にやってしまった。

「親分さん、今日は食が進みませんね」

先に菓子を摘む若だんなに、日限の親分が火鉢の向こうから渋い顔を向けた。

「つまりなんですかい。この一件は殺しじゃぁない、自害だ。下手人なぞいないというのが、若だんなの考えなんですか?」

何とも納得のいかない顔の岡っ引きに、若だんなが持っていた甘餅を小皿に置いて、口を開く。

「違いますよ、親分さん。これはれっきとした人殺し。ようく考えられた怖い話なんです」

親分は今度こそ言葉を失ったかのようで、離れの風雅な部屋のなかは、しばしの間静まり返っていた。

「つまり、こういう訳ですかい? 九兵衛は本当に体をこわしていて、もう長くはなかった。それでこの家に金の無心に来る薄情者の一人を、下手人に仕立て上げる気で、己が殺されるという筋書きを立てたのだと」

あきれた顔の日限の親分と若だんな、そしていつ何時でも側《そば》を離れたりしない手代のうち今日は佐助が、九兵衛の隠居所に姿を現していた。一軒家はさして広くもなかったが、庭も部屋の中もそれなりに気を遣った作りをしてあって、悪くない。ここに来る必要があると若だんなが言い張ったので、三人は話の続きを隠居所でしていたのだ。

「根っからの博打《ばくち》うちだったんですね。欲で己に近づいて来た者らに、あっさりと金を残す気にはなれなかったんでしょう」

寄ってきた者たちが、自分ではなく金のほうに顔を向けているのが、九兵衛には分かっていたのだろう。若だんなはちらりと、庭に植えられた草花の方へ目をやった。

「九兵衛はあの四人が訪ねて来ると、庭の毒草を口に含んだんです。毒には素人だし、必ず死ぬとは限らない。運悪く本当に九兵衛が死んだときに居合わせたものを、下手人に祭り上げる予定だったという訳です」

「それでしょっちゅう、具合が悪かったのか。そして運の悪いことに、たまたま本当に死んだときに栄吉さんの饅頭を手に持っていた。……辻褄《つじつま》は合うけれどね」

日限の親分は、得心したような、納得できないような、どうにも中途半端《はんぱ》な顔をしていた。

(若だんなの推察は凄《すご》いような気がするよ。でも九兵衛が間違って庭の草を食べたか、自害したと考えた方が、もっと簡単で分かりやすいじゃぁないか)という訳だ。

「そこまで考え抜いた九兵衛さんのことだから、何か事の顚末《てんまつ》をつづった書き付けを、残しているんと思うんですがね。それで今日、ここにそれを探しに来たという訳なんですよ」

「そうかねぇ。そんな都合の良いものを書いたりしているかねぇ」

若だんなの言うことに首をかしげている親分は、九兵衛の寝間の真ん中に立ったものの、「探すといっても……」どうしたらいいのか分からない様子だ。

それを隅からじれた様子で見ている者たちがいた。

いつの間にやら若だんなにくっついてきていた妖《あやかし》達で、（相変わらず間抜けな親分さね）などと、聞こえないのをいいことに、小声でぶつぶつと文句を言っている。

実はあるのだった。若だんながもしやと思って探らせると、あっさり鈴彦姫が書き付けらしきものを見つけてきた。

九兵衛の寝間にある簞笥《たんす》の、右端の引き出しの奥にからくりの戸があって、その向こうに隙間《すきま》がある。何やら書いたものが入っていることだけは、陰に身を潜められる妖達には分かるのだが、からくりが邪魔になって肝心の紙を取り出すことが出来ないのだ。

しかたなく若だんなは、中身を確かめないまま、隠居所に来ている。

(さて、どうやってあの書き付けを見つけてもらおうかね)

日限の親分は何とも頼りない。しかしだからといって、若だんなと佐助があまり出しゃばって調べる訳にはいかない。そんなことをしたら、若だんなが書き付けを作り出したかのように、見られかねない。

親分たちはもう一通りこの家を調べているはずで、一旦《いったん》は見つけられなかった物を、どうやって〝たまたま〟見つけてもらおうかと、若だんなは眉間《みけん》に皺《しわ》を作って考えていた。

その時、役立たずな岡っ引きに業《ごう》を煮やした鳴家《やなり》が、日限の親分にどんぐりをぶつけた。何だと振り向いた拍子に、親分がそのどんぐりを踏んづけて盛大にひっくり返る。

地鳴りのような音が辺りに響き渡った。

その顚末を見た佐助が動く。そ知らぬ顔をしながら例の簞笥をひょいと、指一本で引き倒したのだ。さらに大きな音が続く。

(佐助や、そんなにわざとらしいことをして!)

若だんなはあせったが、すでに簞笥は倒れた後で、どうしようもない。こうなったらこのまま突っ走ろうと、若だんなも腹をくくった。

「これは凄い騒ぎで」

慌てて佐助と箪笥を元に戻すようにみせて、その実若だんなは、素早く小引き出しを引き抜いて落とした。驚いたのは日限の親分だ。

「おれが転んだはずみで、家具までひっくり返るとはね。少し太りすぎたかな」

照れ笑いを浮かべながら、引き出しを拾って戻そうとする。その時若だんなが、さも驚いたといった顔をした。

「あれ、親分さん、引き出しの奥の少うし開いているところ。あれ何でしょうね？」

「うん？」

指差した先、箪笥の奥のからくりを四つの目が見つけることとなった。

いつも寝てばかり、外出《そとで》の出来ない代わりに、からくり物を解くのは上手の若だんなだから、寄せ木を動かすと、あっと言う間に奥から書き付けを取り出した。

「こりゃぁ……九兵衛の書いたものだよ。若だんな、さっきあるかもしれないと言っていた書き付けかもしれないよ」

「本当ですか？」

芝居の台詞《せりふ》としては、いささかお粗末な言い様だったが、木戸銭を払っていない日限の親分が、気にする様子はない。

「これに子細が書いてあれば、もう栄吉が責められることはなくなりますね」

「親分さん、お手柄ですね」

上手く長崎屋の二人に乗せられて、得意顔になった親分が急ぎ書き付けに目を通す。褒美《ほうび》の事でも頭をかすめているのか、笑うような顔だった親分が、だんだんと口を真一文字に結んでいき……その内に、怒りを浮かべた顔を真っ赤にしていた。

「親分さん、どうかしましたか？　私の推測が外れていたんですか？」

心配顔の若だんなが聞くと、親分は肩から力を抜いて、隣に座っている連れに笑いを向けた。

「いいや、今回の殺しの訳はさっき聞かせてもらった通りだった。凄いばかりの推察だよ、若だんな」

「それなら、何でそんな顔をなさっているんです？」

手代の問いに、岡っ引きは顔をゆがめた。

「九兵衛には若だんなが思い付いた以外の思わくがあったのさ。あいつめ、墓から掘り出して、石でも抱かせてやりたいよ」

「野辺送りもとうに終わっていて、九兵衛は腐りかけておりましょう。親分さん、そりゃぁぞっとしない話で」

手代の話に親分がひるんだ隙に、若だんなが身を寄せて書き付けに目を通す。すぐに顔一杯に驚きを乗せることとなった。

「驚いたよ、佐助や。九兵衛ったらこの一件で、お上に博打をしかけていたんだ」

金食い虫達を罠《わな》に掛けることにした九兵衛は、さらに事の子細を書いたこの書き付けを残すことで、奉行所の力を試していた。

端《はな》から九兵衛の仕掛けを見破れば、お上の勝ち。

金食い虫の誰かを下手人に出来れば、九兵衛の勝ち。

一旦は下手人を捕まえても、お調べまでにこの書き付けを見つけて、金食い虫たちの無実に気がつけば、お上の勝ち。

まったく何が何だか分からずじまい、九兵衛の自害としてごまかしたのなら、例の四人には生涯うさん臭い噂《うわさ》が付きまとうことになるだろうから、九兵衛の勝ち。

書き付けは最後に、生き残った者に金を分けてくれと結んでいた。それは勝ち残り、生き残った者への分配金のようであった。

「九兵衛の奴、これから閻魔《えんま》様の前に行こうって時に、ふざけたまねをしやがって！」

どうにも収まりがつかない様子の日限《ひぎり》の親分だったが、心底怒っている訳ではないと、若だんなには見えた。何と言ってもあの書き付けを八丁堀の旦那《だんな》に差し出せば、自分も同心もお手柄は間違いなしだ。褒美の一つも懐《ふところ》に入る。心はすでにそちらに向かっていると見た。

「栄吉のために、三春屋には俺からようく説明してやるよ」

そう請け合うと、岡っ引きはにやりと笑った。書き付けを同心に届け、褒美と褒め言葉を受け取るべく、早々に隠居所を引き上げていく。

「九兵衛は本当に博打が好きだったんですねぇ」

余人のいなくなった隠居所に、わらわらと妖達が湧《わ》いて出る。鳴家たちが若だんなの膝《ひざ》の上を特等席と、競って登っては後の者に振り落とされている。その様子に笑みを浮かべながら、若だんながぽつりと言った。

「九兵衛さんは己が死ねば喜ばれるだけと思って、それが我慢できなかったのだろうさ」

寂しい、寂しい。このまま死んで喜ばれるだけなのは耐えられない……。金食い虫たちが通夜《つや》の席で喜んでいる姿を、九兵衛は思い浮かべたのだろうか。

その思いのあげくに仕掛けられた罠。

「でも栄吉は、九兵衛さんが来なくなって、残念だと言っていた。寂しげだったんだよ」

九兵衛は不味《まず》いと承知の菓子を、こまめに買って食べ、話のきっかけを作っていた。三春屋での栄吉との会話は、楽しいものだったに違いない。そういうこともできたのだ。

栄吉も来店を待っていたと気がついていれば、他にも楽しみを見つけられたかもしれない。

(心待ちにすることが多ければ、一生の幕引きをこんな風にはしなかったかも……)

若だんなは鳴家をなでながら、ため息と共に、隠居所の小さな庭に目を向けた。

(植えられた草木を、美しい花と見るか、人を殺す毒と思うか)

人の勝手な思いなど知らぬげに、緑はあるかなしかの風に柔らかく揺れていた。

空のビードロ

1

昼餉《ひるげ》もとうに終わり、そろそろ七つになろうという頃、桶屋《おけや》東屋《あずまや》の店先で、小さな鞠《まり》のようなものがぽんと弾んだ。

ただの鞠とは違ったのはそれが、転がった後の板間《いたま》に、何やら黒ずんだ染《し》みを残していったことだ。売り物のとめ桶の側《そば》に落ち着いたものを見て、いつもにこやかな松之助《まつのすけ》が顔を引きつらせる。店表にいた手代《てだい》の佐平は大声をあげた。

そこに今日も、眉間《みけん》に皺《しわ》を刻んだおかみのお染が、奥から顔を出してきた。

「なんだい、昼間っから男が騒いで。桶屋の商売に大声はいらないだろう?」

きつく言われて二人の奉公人は、声もなくとめ桶の方を見る。つられて目を隅にやったおかみの口から、調子っぱずれの悲鳴が撒《ま》き散らされた。

「お、おたまっ。おたまじゃないかっ。何でこんな……」

言葉は途中で途切れ、おかみは体を震わせたまま、帳場の横に座り込んでしまった。

床から生えたようにおかみの方を向いているのは、白い猫の小さな頭だった。

「一回でいいから、腹が破けるほど飯をかっくらってみたいもんだ」

女中のおかねによそってもらった飯を受け取りながら、佐平がいじましいことを言う。

（ついさっき、血の始末をしたばかりなのに、佐平さんの胃の腑《ふ》は強いねぇ）

板間の隣に座った松之助は大きく笑いを口に浮かべたが、佐平の気持ちはよく分かった。奉公に来てから、いや小さい頃からずっと、松之助には腹がくちくなるまで飯を食べたという記憶が無かったからだ。

（まあ、あたしの生まれ育ちじゃぁ、仕方のない話か……）

己の大事の飯を受け取って、塩辛い香の物と一緒にかっ込む。すきっ腹に旨《うま》さが染みた。

猫のおたまの騒動から二時《ふたとき》ばかり、やっとおかみも静かになり、店先の掃除も済んだところだ。奉公人たちと女中のおかねは、台所の板間で遅くなった夕餉の膳《ぜん》を囲んでいた。

東屋では奉公人の飯は、二杯までと決められている。昼には一皿、芋の煮っころがしか、ひじきの煮つけなどが添えられるが、朝夕は漬物がいくらか付くのみの、簡素な食事だ。

とは言っても奉公人にとっては、数少ない楽しみの一つだ。主人一家は奥の部屋で食べるから、仕事が一息つく夕食時は、監視されずに話に花を咲かせることもできた。

「それにしても最近、この辺りじゃ犬猫が続けて殺されている。誰が何でこんなことしているのやら」

松之助の言葉に、佐平が飯と共に頷《うなず》いた。

「今日のは酷《ひど》かったよ。あんな事をしたって、腹がふくれるわけじゃないのに。なあ？」

犬猫殺しは続いているが、今回のように首が落とされたのは初めてのことだ。

「今までは血を吐いて死んでいた。ありゃぁ鼠取《ねずみと》りの石見《いわみ》銀山を盛られたんだよな」

二人の会話に、向かいで食べている徳次郎は、渋い顔をそっぽに向けている。飯時に血なまぐさい話題では、かなわないとでも思っているのだろう。

徳次郎は今年五十に手が届いたところの、東屋を背負って立っている番頭だ。東屋の主人、半右衛門《はんえもん》はいたって頼りない。跡取りはもっといけない。このしっかりものの番頭が店を支えていると噂《うわさ》されて、もう久しかった。

「おたまが殺されたんじゃ、下手人《げしゅにん》が捕まらないことには、おかみさんが収まらないわね。あたしゃたまらないわ」

おかねが飯を食べながら、器用にため息をついている。奥でしょっちゅう顔を合わせるせいか、お菜《さい》の数よりずっと多いおかみの癇癪《かんしゃく》は、誰よりおかねに向かうのだ。

今、松之助たちが奉公している桶屋東屋があるのは、江戸も北の端、加州様のお屋敷近くだ。さほど大きな店ではなく、主人夫婦、息子と娘の他に、住み込んでいるのは奉公人が三人、女中が一人というところであった。

松之助は八つの歳《とし》から働いていて、今年の正月には二十歳を迎えていた。しかし次の奉公人が入ってくる訳でなく、手代にもなれずに小僧のままだ。松之助よりも一回りは年上の奉公人佐平だとて、ずっと手代止まりだ。

東屋では出世が望めないばかりでなく、人を食わせるのには金がかかると、主人夫婦は奉公人の前で遠慮もなくこぼしてくる。

(これじゃぁ先々、自分で店を持つなんて夢のまた夢さね)

それでも今日も飯が食えたわけで、二杯目を食い終わると、松之助はいつものように笑みを浮かべ、「ご馳走様《ちそうさま》で」飯椀《わん》を膳に置いた。お櫃《ひつ》の中は既に空っぽで、頼りの番頭ですら三杯目の湯漬けも食べられない。

「早く犬猫殺しが見つかってくれるといい。おかみさんの小言が減るでしょうからね」

手を合わせたまま明るく言った松之助の言葉を、佐平がまぜっかえす。

「願い事かい？　ついでにあたしが番頭になれることを祈っとくれ」

「それくらいなら、自分が手代になることをお祈りするわよね」

おかねに言われて、松之助はただ苦笑している。確かに二十歳で小僧というのは、どうにも格好が良くないに違いない。

（でも生きていればいつか何か、心が浮き立つようなことに出会えるに違いない）

そう思うようにしている。その考えが、単調で先の見込みが暗い日々を支えているともいえた。

「もう皆食べ終わったかい」

確認するとおかねは早々に、膳を片付けてゆく。遅くなったので行灯《あんどん》に明かりを入れていた。早めに休まないと、おかみがまた油がもったいないと機嫌を悪くする。

東屋はまことにきっちりとしていた。

（これは夢だよ、きっと）
松之助には分かっていた。

2

いつの間にか自分が育った小さな二階建ての家に帰ってきていた。部屋の中に山のように炊《た》き立ての飯が入ったお櫃と、漬物がついた膳が置かれている。松之助は身構えた。

（ここが本郷の家なら、俺が来たとてこんなに飯が出てくる筈《はず》がない）

産みの母が死んで以来、松之助と血の繋《つな》がらない父との間は、どうにもぎくしゃくとしたものになっている。取り立てて殴られたこともないが、己の家なのに三杯目のお代わりを食べるのは、はばかられる。そんな、晩秋の日暮れ時のような薄ら寒さが底にあった。

暮らしは桶職人であった父が支えていたが、この本郷の家は母が松之助の実父から貰《もら》ったもので、それが何か引っかかっていたのかもしれない。松之助は早々に奉公に出され、家は弟が継ぐことになっていた。

(家を出て以来、藪入《やぶい》りの日でも帰ったことはないのに)

来いと言われたこともない。家族がいるという感覚が、松之助には無かった。なのに何故《なぜ》、戻ってきているのだろう。

(それにしても旨そうな飯だ。食べてもいいんだろうか)

ふと見ると、お櫃の横に誰ぞ座っている。

唐桟縞《とうざんじま》の長羽織をぞろりと着て、小粋《こいき》な本多髷《まげ》の若い男が、いつの間にやら目の前にいたのだ。障子の方を向いていて顔が見えない。

東屋の息子、与吉かとも思った。だが羽織も裾《すそ》が見えている着物も、随分と高直《こうじき》なものに見える。東屋程度の店では跡取りとはいえ、こんな贅沢《ぜいたく》は出来はしない。

「あの、どちらさんで」

愛想良く尋ねるが返事は無かった。こんなに身なりの良い者に知り合いはいないと思って……松之助ははっと顔を上げた。

(この人はもしかして、長崎屋の……)

実の弟なのだろうか。松之助は急いで首を回した。だが、どうしても顔が見えない。

(会ったことのない腹違いの弟。日本橋の大店《おおだな》長崎屋の若だんな……)

贅沢ななりの若者は、横にある飯には興味がないらしく、お櫃の蓋《ふた》を開けようとさえしない。その内に立ち上がると、後ろを向いたまま部屋から出て行ってしまった。

自分が欲しくてたまらないものを無視されて、松之助は腹が立ってきた。いらないものならば食べても構わない気がしてくる。もう我慢出来ずに、松之助は飯を茶碗《ちゃわん》によそった。

すると、突拍子もない悲鳴が部屋に響いた。

「ひああっ、ひっ、ひーっ」

熱い火箸《ひばし》に触ってしまったかのように、松之助は慌《あわ》てて茶碗を置いた。それでも悲鳴は収まらない。飯一杯のことで、震えが来るほどの罪悪を犯した気になってくる。

「悪かった。もう食べない。腹一杯食べたいとも言わないから、その声を止《や》めてくれ」

必死に願うが甲高い声は収まらない。(止めろっ)声にならない叫びを口にしたとき、松之助の眼前に、古びた土壁が現れていた。

「何と……やっぱり夢だったのか」

綿の薄い寝床の中から起き上がると、いつもの三畳間だった。隣で寝ている筈の佐平は、厠《かわや》にでも行ったのか、部屋にいない。そろそろ明け六つらしく、障子がほの白く見えてきていた。

もちろん飯櫃などどこにも無い。額にじっとりと汗をかいていた。驚いたことに、目が覚めてもなお、部屋の外から鋭い女の悲鳴が切れ切れに聞こえてくる。

「なんてこった。この声が悪夢を運んできたんだね」

ぐったりとした顔を浮かべたが、それでも放って置くこともできない。急いで着物を調えると、薄暗い中、声の元へと走った。

東屋には奥の台所を出た先の裏庭に、井戸がある。松之助が裏の戸から外に顔を出すと、朝の水汲《く》みに来ていたらしい女中が、井戸端で尻餅《しりもち》をついたまま、まだ叫び続けていた。

「おかねさん、どうしなすったね」

側に寄ると節くれ立った指で、井戸の方を指す。何も見えないので首を傾《かし》げながら近づく。途端に松之助の口からも、大きな叫び声が出てしまった。

「うわっ、こりゃぁっ……」

「どうしたんだい、騒々しいな」

声に振り返ると、台所に手代の佐平も姿を見せていた。

「誰かがまた猫を殺したんで。今度は二匹——だと思います」

さすがにいつもの笑顔が浮かばない松之助の返事に、佐平は眉間《みけん》に皺《しわ》を寄せながらよってきた。ばらばらに体を切られた猫が、木の枝に突き通されて水汲み桶《おけ》の中に突き立《つ》てられている。中には手ぬぐいで端を結ばれて、桶から吊り下げられている部分もあった。

「こりゃぁひでぇ」

驚きから怒りへと、佐平は顔つきを変えていく。だがその顔がふと、強張《こわば》った。松之助を振り返ると、おずおずと聞いてくる。

「おい、この松葉散らしの手ぬぐいは……お前さんの持ち物じゃなかったかね」

指差す先に、桶からはみ出ている血みどろの布があった。「えっ？」言われてよくよく目を凝らして見れば、確かに見覚えのある柄だ。

そうと分かって、松之助は猫よりも己が切り刻まれた気がしてきた。

（松葉散らしなぞ、珍しい柄でもないが……）

それでも己が疑われるに違いない。この先の騒ぎが見えるようだった。血染めの手ぬぐいを見たお染は黙ってはいないだろう。おかねや佐平の視線まで、早くも錐《きり》のように着物の上から突き刺さってくる感じがして、松之助は井戸端で立ちすくんでいた。

3

「どういうことだい。なんでお前の持ち物で、殺された猫が縛られていたんだい？」

　商売を始める前の店先に、主人夫婦と奉公人が集められていた。板間には古い傘の破れ紙で包まれた、変わり果てた猫と血染めの手ぬぐいが置いてある。

　おかみのお染は目を吊り上げている。松之助は分からないと正直に言うしかなかった。

「お前が猫を殺しているんだろう。そうに違いないよ」

　お染の腹の内では既に松之助が犬猫殺しと決まっている様子だった。声に容赦がない。

「お前は不平で体がはちきれそうなのさ。それで犬猫に当り散らしたんだ。もっと飯が食いたい。出世がしたい。そういうことなんだろう。浅ましい！」

　どう言われても、松之助には身の証《あかし》の立てようが無かった。夜の間にこっそりと行われた凶事。頼りである同部屋の佐平は寝ていたと言うし、松葉散らしの手ぬぐいのせいで、今は松之助に疑いの目を向けてきている。

（このままでは……あたしが殺したことにされてしまう）

「佐平、親分さんを呼んできておくれ。おたまを殺した奴《やつ》には、ばちを当ててやらなくっちゃね」

おかみが息巻いてそう命令をしたとき、思わぬところから声が止めに入った。

「おっかさん、そんなに急《せ》いて事を決めちゃぁ、松之助が可哀《かわい》そうよ」

麻の葉鹿《か》の子模様の振袖《ふりそで》姿で奥から現れたのは、娘のおりんだった。母お染に似たはっきりとした面立ちだったが、まだ十六の若さで眉間に皺を刻んでいないせいか、かわいらしい。着物の赤が映えて大振りの花のようだ。

「ねえ、そうでしょう、松之助？」

いきなり笑顔を向けられて、松之助は少しばかり慌てた。おりん一人が己を信じてくれるという。ありがたかったが、何とも信じられない話だった。

「何でこの小僧を庇《かば》うんだい」

娘の言葉に一層機嫌が悪くなったおかみが問いただす。おりんは母親の横に座り込むと、思いがけない話をし始めた。

「今度の猫殺しについては、私は知らないわ。寝ていたんだもの」

あっさりとそう言う。

「だけど、猫たちを殺してるのは一人だと見当を付けているの。やり口が似ているし、おかしな奴が一杯いたんじゃかなわないしね」

言われたことに店の中の一同、頷《うなず》いている。他の考えはないとみて、おりんは話を進めた。

「先におたまが殺された日の八つ時、お饅頭《まんじゅう》をいただいた後あたしはおたまと遊んでいた。おっかさん、憶《おぼ》えているわよね」

おたまの首に綿の入った赤い布の首輪をつけようとして、しくじった時だと言われ、お染も思い出したようだった。

「おたまを見かけなくなって、あのこが殺されるまで、半時《はんとき》ほどだった気がする。八つを過ぎていて、お店《たな》は忙しい刻限よね。松之助はその時、店にいたんじゃないの？」

言われて佐平が、ぽんと膝《ひざ》を叩《たた》いた。

「いました。確かにあの日、昼から忙しくなって。ずっと二人とも店表にいた」

厠にすら行けなかったという佐平に、おりんが目を煌《きらめ》かせる。

「ほらね、松之助におたまを殺す余裕はなかったのよ。松之助が殺したんじゃない。じゃあ、今度の猫も違うはずよ」

とどめに、松葉散らしの手ぬぐいなぞ、どこにでもあるとおりんは笑う。娘に理詰めで話を否定されて、渋々お染は黙り込んだ。松之助は心底おりんの話がありがたくて、深々と頭を下げる。

その様子をおりんが、満足そうに見ていた。

「そうと分かったら、この話はもう終わりだよ。そろそろ店を開ける支度をしておくれ」

その場に区切りをつけたのは、主人ではなく、番頭の徳次郎だった。その言葉で奉公人たちが立ち上がる。お染は不満そうな顔で、奥へ引っ込むときに仕事を言いつけてきた。

「店を開ける前に、早くに猫の死体の始末をつけといで！」

（けっ、癇癪《かんしゃく》ばばあ）佐平の愚痴はまことに切れが良い。松之助らは二人で裏庭に穴を掘り、手早く小さな土饅頭を作ると、おかねがどこぞから野菊を一輪摘んできて手向《たむ》けた。

「ねえ松之助さん、さっきのおりんお嬢さんの言いよう、凄《すご》かったね。近頃お嬢さん、お前さんに大層優しくないかい」

墓に手を合わせたまま、おかねは意味ありげな顔で聞いてくる。松之助は苦笑を返した。

「先月の初めに中村座に芝居見物においでになってから、機嫌が良いのさ。おかねさんだって知っていることじゃないか」

「それからもう、二月近く経《た》っているものを。機嫌の良い理由がそれだけだとは思えない」

要はおりんが松之助に気がありそうだと、ほのめかしているのだ。今回のおりんの振舞いは、心の底から嬉《うれ》しかった松之助だ。だが、おりんのことは小さい頃から知っている。

(お嬢さんが奉公人ごときに、心を寄せる筈《はず》も無いと思うけどね)

おりんは跡取りの与吉と入れ替わっていたら良かったと言われるほど、はっきりとした性《しょう》をしている。首を振ると、今度は佐平が明るい声で話を進めた。先刻松之助を気味悪そうに見ていたことなど、すっかり忘れている様子であった。

「気をつけた方がいいよ。与吉さんは、お嬢さんとお前さんが話していると、怖い顔をして見ているから。今度のこともどう思っていなさるか」

「はあ? 何でだい?」

東屋の一人息子、与吉は今年十八。お染が甘いせいか、算盤《そろばん》も危なっかしげな上に人当たりもきつく、将来がたんと不安になってくる跡取りだ。おまけにどう見ても妹思いではなかった。

「万一お前さんがお嬢さんの婿《むこ》になったら、与吉さんは若隠居にされかねないからねえ」

佐平の言葉に、おかねも笑っている。

「与吉さんじゃ東屋の将来が不安だ。確かにお嬢さんによい婿を貰《もら》ったほうがいいわ。本当なら独り者の佐平さんも一緒に、与吉さんから睨《にら》まれても良いところだけど」

女中はにっと笑いを浮かべる。

「お嬢さんは、あばた面《づら》は嫌いだからねぇ」

「なにおう!」

松之助は二人の掛け合いを聞きながら、顔をしかめていた。若隠居しても悠々自適の暮らしが出来るのであれば、与吉は却《かえ》って喜ぶかもしれない。しかし東屋の内実ではとてものこと無理な話だ。

だからおりんが嫁入りするまでは、与吉は周りにいる男たちにきつい目を向け続けるだろう。その一人に己の名も上げられていると知って、馬鹿なことをと、松之助は力の無い笑いを顔に浮かべたのだった。

4

井戸端で猫が殺されてから、七日ほど経っていた。その後は犬も猫も、殺されたという話を聞かない。しばし凪《なぎ》のような毎日が続く中、松之助はすっかりうんざりとしていた。

(どうせ目を光らせるのなら、もうちっと上手《うま》くやってくれると助かるんですがね)

与吉があの日以来ずっと松之助を監視しているのだ。

いつもは店に寄り付かないものを、口実を作っては店表や台所にまで顔を出す。本人はさりげなくやっているつもりなのだろうが、事実としてはかなりな所鬱陶《うっとう》しかった。

おまけに夜も見張るつもりらしく、廊下に潜んでいる。それが遅い刻限になると眠ってしまい、その場で転がっているものだから、厠に行くときなど、うっかりすると踏んづけそうになって剣呑《けんのん》だった。

「見事なばかりに間抜けな話だよ。やっぱり松之助が店の明日を背負ってくれまいか。あれに跡を継がれたら奉公するのが不安だよ」

夕餉《ゆうげ》時、主人たちがその場にいなくなると、皆に言いたいように言われる始末。与吉の評判は益々《ますます》下がって桶の底に潜りそうだった。

ところが。その与吉が、思わぬ立ち回りを演じることになった。

与吉が松之助を追いかけ回すようになってから十日あまり後の昼下がり。東屋からほど近い道端に、見慣れぬ駕籠《かご》が止まっていた。

このところ少しでも変わったことがあると、おかみが気を逆立てる。松之助は急いで様子を見に行った。のんびりと煙草《たばこ》をふかしている駕籠かきに聞けば、日本橋の商人《あきんど》を、この辺りの顔見知りの家まで送ってきたところだという。

（なんだ、聞いてみれば何ということもない）

駕籠は贅沢《ぜいたく》なものだったから、松之助は乗ったことなどない。さてどこの家の客なのだろうと、考えを巡らせながらの帰り道、東屋の近くの草むらで何かが光って松之助の気を引いた。

「これは」

一寸ほどの小さなものを、拾い上げて驚く。青空のかけらを手の中に握りしめたかのようだった。

（何て深く遠い青なんだろう……）

日も届かない水の底から、空に向かって青が駆け上がってゆくような色合い。その中に明るい光がいくつも封じ込められていた。

「ビードロか」

よく見れば、卵のような丸い形の端に凝った銀細工が付けられていて、先に細い組《くみ》紐《ひも》が続いている。

「根付《ねつけ》になっている。誰ぞの落とし物かね」

どう見てもひどく高直《こうじき》そうな一品は、ここいらの住人の物とも思えない。

「お武家様のものか、それとも」

今は姿の見えない駕籠の客のものだろうか。紋も刻まれておらず、武家よりも裕福な商人の持ち物に見えた。持ち主を見つけて返すつもりで、懐《ふところ》にしまい込む。裏の戸から店に帰って、松之助は足を止めた。

裏庭の隅で、番頭の徳次郎が包丁を握りしめて、与吉と向かい合っていた。与吉は体に震えを走らせ、草の中にしゃがみ込んでいる。

（な、何が起こったんだい）

あの落ち着いた番頭を、与吉はよほどのこと怒らせたのだろうか。見れば徳次郎の手が、真っ赤に濡《ぬ》れていた。包丁からも血が滴《したた》っている。着物の裾《すそ》にも散っている様子だ。

(刺されたのか?)

急いで目をやるが、与吉の着物には血は付いていない。怖がってはいるものの、怪《け》我《が》はない様子だ。

「番頭さん、どうしなすった……」

そっと声をかけてみたが、返事はない。徳次郎は見たこともない、白く張り付いたような顔をしていた。目が暗い穴のように見え、うっかりはまり込んだら、どこまでもずぶずぶと沈んでいきそうだ。表情がない。

(大層な血が流れている。でも与吉さんが切られた訳じゃぁない。ということは……)

松之助はここ最近の犬猫殺しの下手人が、誰なのかを悟った。

おそらく与吉は性懲《しょうこ》りもなく、また松之助を見張っていたのだろう。ところが例によって居眠りをしてしまい、店で働いているべき時刻に考えもつかない場所にいたせいで、隠れて獣を殺していた番頭にいきあってしまったのだ。

「とにかく包丁を捨てておくんなさい。番頭さん、聞こえてますか?」

松之助のその声がようやく聞こえたのか、番頭の体がわずかに動いた。それに怯《おび》えたのか、与吉の口からとんでもない悲鳴が立った。

「ぎゃあっ、助けてくれ。殺されるっ、死んじまうっ」

死にかけているにしては、どうにも力強い叫びだ。その声に番頭の方が逃げ出した。

「待っておくんなさい。番頭さん、どこへ行こうっていうんです」

声が届かないのか、耳が受け付けないのか。徳次郎は裏庭から駆け出てゆく。与吉のわめき声は続いている。

「人殺しだぁ！」

松之助は外へ追って走った。番頭の姿が街道に出たところで、騒ぎを聞きつけた駕籠かきたちが道端から動いた。

息杖《いきづえ》をするりと手に取ると、走る番頭の前後に素早く回り込む。驚いた顔で立ち止まった番頭の向こう臑《ずね》に、杖でしたたかな一撃が加えられた。

「うあああっ。あああ……」

転がって呻《うめ》いてもまだ包丁を放さない。

(手が強《こわ》ばって取れないのか)

駕籠かきたちは松之助のように甘くは受け取らない。その顔が一層怖いものになった。

「この人殺しが！　刃物を離しやがれ」

きつい顔で更に打ち据えにかかったのを、追いついた松之助が急いで止めた。

「止めておくれな。番頭さんが殺したのは……多分今日も、猫かなにかでしょうよ」

「猫ぉ？　それで血まみれなのか」

そうと言われて、駕籠かきたちの怒りも興味も、夏の夕立のように通り過ぎてゆく。

「気味の悪いことをする。鍋《なべ》にでもするのかよ」

杖は引っ込んだが、その間に東屋の面々が表に出てきてこの場を見ている。手をおぞましい色に染めたまま、徳次郎は土の上に這《は》いつくばり顔を上げずにいた。

5

「徳次郎、一体何で犬猫を殺したりしたんだい」

頼りの番頭自身が騒ぎを起こしたのでは商売にならず、東屋は早仕舞いをすることとなった。客のいなくなった店表の板間に、店の一同が集まる。

主人半右衛門の両隣に家族が並び、徳次郎が向かい合っている。その後ろに奉公人たちが座っていた。

「徳次郎？」

半右衛門はため息をつきながら番頭に事の次第を問いただす。普段番頭に仕事を任せっきりの半右衛門だ。その尋問には何とも力がなかった。

「おとっつぁん、もっと厳しく聞かないと。せっかく私が犬猫殺しの犯人を捕まえたのに、そんなんじゃぁ徳次郎は、何も言わないかもしれないよ」

おかみの隣に座った与吉の鼻息が荒い。本人は己が一連の事件を解決したつもりでいるのだ。だが与吉が何をして、どう振る舞ったか承知の奉公人たちは、何ともむず痒《がゆ》い思いにかられていた。

(番頭さんはどうしてあんな、むごい事をしたんだろうか)

ただ黙っている番頭に、皆の目が吸い付けられている。ずっと黙《だんま》りを通す徳次郎に、おかみが真っ先にうんざりした顔を見せた。

「主人が聞いた事に答えられないのなら、今日限り店を出て行っておくれ。大体犬猫殺しの番頭なんて、近所に聞こえが悪くて店がやっていけないよ」

それでも岡っ引きに渡すのだけは勘弁してやろうという。それがお染の好意なのだと。

徳次郎は四十年も東屋で勤め、番頭として店を支えてきた。普通に辞めるとなれば、まとまった金子《きんす》を渡さなくてはならない。だが、それを抜きに徳次郎を追い払えそうだとみて、お染の目は輝いている。

(いくらなんでも、それはない。猫殺しとは違う話だろうに)

松之助たち奉公人はちらりと顔を見合わせる。四十年働いても、小さな桶屋の東屋では暖簾《のれん》分けなど夢の中の話だ。

(だからといって、こんな放り出し方はないよ)

そのときまた、向かいから優しげな声がかかった。

「おっかさん、徳次郎はずっとよく働いてくれたじゃないの。一回だけ、見逃してあげましょうよ」

「おりん、何を言い出すんだい。徳次郎はおたまを殺したんだよ!」

お染は娘の言葉に、怖い顔を向けた。しかし気の強いことでは母親に負けたりしないおりんは、一歩も譲らない。女二人の衝突に、主人の半右衛門と与吉は、首をつっこむのもはばかられる様子だった。

「おりん、お前が優しい子だってことは分かっているけどね、今度ばかりは黙っていなさい。子供が口出しすることじゃないよ」

「おっかさんこそ、がみがみ言ってばかりいると、口の周りが皺《しわ》だらけになっちゃうわよ」

「おりん！」

「徳次郎、これ限りで怖いことは止《や》めるだろう？　そうだよね」

「申し訳……ありません」

思いがけずも優しい言葉をかけられて、固まっていた番頭の口が開いた。這いつくばるように頭を下げる。体が細かく震えていた。

「あたしゃぁ……不安だったんでさ。押さえようとしても、寝ても覚めても、息をするのも落ち着かなくなって。それでつい……小さな獣相手に憂《う》さ晴らしを。すみません」

ぼそぼそと語る声も、普段の徳次郎からは思いもつかないか細さだ。おりんは番頭の告白に、首をかしげていた。

「不安？」

「お嬢さんも年頃だ。最近噂《うわさ》をよく聞くようになったんです。東屋はお嬢さんが婿《むこ》を取って継ぐと」

「何だって！　誰がそんな出鱈目《でたらめ》をぬかしたんだい」

主人の隣で話を聞いていた与吉が一人、気色ばんだ。だが、他の者は上手に跡取りから目を逸《そ》らしている。珍しくもない話だったからだ。

「今は旦那《だんな》様から仕事を色々と任せていただいてますが、出来る婿君が来たら、あたしの出る幕はない。年だし、今の仕事一筋でやってきて他に出来る事はなし。そう思うと、これからどうしたらいいのかと……」

徳次郎の震える視線が、ちらりと松之助をかすめた。まさか今回の騒ぎに己が関係しているとは思いもよらず、松之助は青くなる。

「馬鹿《ばか》な考えに取っつかれたもんだ。東屋は兄さんが継ぐんだよ。あたしはお嫁に行くつもりさ」

おりんはきっぱりと言うと、徳次郎の肩越しに笑顔を、奥にいる奉公人に向けてきた。これで一層、松之助の顔の青さが増す。

「とにかく今辞められたら、困るのはおとっつぁんでしょう。いいの？　明日から徳次郎がいなくても」

言われて半右衛門が黙り込む。それでも収まらないお染を、おりんが何とかなだめすかし、とにもかくにもその場が収まったのは、一時も後の話になった。

6

「これはお前さんが始末しておくれでないか」

部屋に帰った後、松之助は徳次郎から小さな紙包みを渡された。

「石見銀山鼠取《ねずみと》り薬だよ。初めのうちは飯にこいつを混ぜて、犬猫に食べさせていたんだ。惨《むご》いことをした」

人すら何人も殺せるほどの毒だからと言われて、松之助は薬を慎重に己の風呂敷《ふろしき》の中にしまい込む。

(井戸水に混じると怖いから、そこいらに埋めたり出来ないね。さてどうやって捨てたものか、誰かに相談しなくては)

剣呑な毒を早く手放したい番頭の気持ちはよくわかった。秘密は露見してしまい、隠す必要がなくなった。止められなくなっていた殺生《せっしょう》を、断ち切るきっかけを摑《つか》んだ。とにかく今は、昔の自分に戻りたいのだろう。

「松之助にも済まなかったね。お前さんならお嬢さんと添っても、奉公人を手ひどく扱う事はしない。それは承知していたんだが」

徳次郎もおりんとのことを誤解しているようで、松之助は首を振った。

「番頭さんなら分かっていると思ってましたが。あのお嬢さんは勝ち気ですよ。懐の金子と地位で相手をはかるお人だ」

「あたしもそう思っていたよ。でも最近のお嬢さんは、お前さんに実に優しいじゃないか」

徳次郎は今日初めて見る笑いを浮かべる。

「昔は己が婿を取って、東屋を継ぎたいとおっしゃっていたんだよ。それが今は嫁に行くと言う。お嬢さんにも好いた人ができたのかね」

おかげで助かったよと、徳次郎は静かに頭を下げてから部屋を出て行った。

（誤解だよ、番頭さん。そんなことがあるわけがない）

重ねてそう思いはするものの、皆に言われると、さすがに松之助の胸にも何やら暖かい気持ちが宿ってくる。きれいで若い娘に笑いかけられるのが嫌なはずはなく、松之助は一人きりになった部屋の中で、少しばかり落ちつかなげに笑みを浮かべていた。ずっと寄る辺もなく、家族というものもいないのと同じだった。大丈夫、いずれ良いことがあると自分に言い聞かせていても、気づかないままに心が凍えていたのかもしれない。

久しぶりに行き合った暖かさが、ずんと深く深く胸に染《し》みた。冬の中で見つけた熾《おき》火《び》が、指を、胸の奥を暖めるようなうれしさ。

（そうだよ、悪いことばかりじゃないのさ）

涙さえ滲《にじ》んできて、照れくさかった。

（子供じゃないのにさ）

今日は早くに店を閉めたので、佐平は湯屋へ行っていて部屋にはいない。笑い顔のまま己も湯屋へ出かけようと思ったとき、ふと懐《ふところ》に堅い物が入っていることに気がついた。取り出してみて、その青さに息を飲む。

（しまった。こいつのことをすっかり忘れていたよ）

駕籠《かご》の客の物かもと思っていたのに、騒ぎに取り紛れて返しそびれてしまったのだ。急いで表に飛び出したが、もう街道に駕籠の姿はなかった。

「確か……そう、客は日本橋の商人だと言っていたね」

客の店は分からずとも、日本橋に辻駕籠屋《つじかごや》はそうは多くないだろう。届けたら持ち主に返せるのではないかと思える。

（しかたがない。ちょうど今日は早じまいをしたのだし、これから直《す》ぐに出かけよう。店を探しても木戸が閉まらないうちに帰ってこられるさ）

意を決したものの、奉公人なのだから主人の許しがなくては遠出は出来ない。松之助は久しぶりに東屋の家族が住まう一角へ入っていった。

「何で徳次郎をかばったりしたんだい。どう言われてもあたしゃぁ、得心できないよ」

廊下を行くと、おかみの部屋のはるか手前から、甲高い声が聞こえてくる。まだ納得していないのだろう。

(明日からしばらく、番頭さんは大変だよ)

さらに近づいて声をかけようとし……松之助は動きを止めた。おりんが話し出したからだ。思いもよらない冷たい口調だった。

「だからおっかさん、言ったでしょう。徳次郎の首を切りたければ、猫でも殺してそれをあいつのせいにすればいいいって。案外止められずにまた、自分でやるかもしれない」

(お、お嬢さん……)

信じられない言葉だった。これがいかにも優しげに笑いかけてくれた、おりんなのだろうか。

(何であんなことを言うんだ？　せっかく言葉を尽くして庇《かば》った番頭さんなのに)

理解出来ずに廊下の角に立ちつくす。おりんのはっきりとした声は続いた。

「今度のことで、松之助は私のことを大層優しい娘だと思ったみたいだよ。上手《うま》くいった。そうでなくっちゃね」

「松之助に気に入られるために、徳次郎を庇ったのかい。お前、お前、本当にあの松之助を好いているというのかい？」

おかみの声がどこまでも甲高くなる。

そこに、おりんの笑い声が被《かぶ》さった。その声だけで何を聞く前から、松之助は冷たい冬の氷水に手を突っ込んだ気がしていた。

「嫌だ、おっかさんまで何を言い出すの。奉公人なんかと、どうこうなる訳がないじゃないの」

「それはそうだよね。もちろんそうだ。でもおりんが松之助のことを気にしているから」

明らかにほっとしたおかみの言葉が聞こえる。

「おっかさん、先の月に行った芝居見物のことを覚えている？」

「そりゃぁ決まっているじゃないか。楽しかったね。あたしゃ昔っから宗十郎の贔屓《ひいき》だよ」

おりんが突然話を変えたのに、松之助がいぶかしげな顔を浮かべる。
「私はお芝居よりも、おばさんに連れて行ってもらった日本橋の賑《にぎ》わいの方が、凄《すご》い
と思った。店だってうだつもりっぱな大店ばかり。越後屋なんか、大きすぎて店が二
つの町にまたがっていたわ。店の途中に木戸があったの」
おりんの声には、うっとりとしたものが滲んでいた。同じ江戸といっても、東屋の
辺りと日本橋では、その賑わいは比べようもない。ここは江戸の北の端。店から少し
歩いていけば、その先には田畑も見えてこようかという土地柄なのだ。
「おっかさん、私長崎屋も見たの。大店だった。東屋なんかとは比べ物にならないわ。
土蔵作りの立派な店。しかも隣の薬種《やくしゅ》屋も、長崎屋のものなんだって」
「長崎屋？　松之助の実の親の店かい？　でもあそこと松之助は、もうこれっぽっち
も関わっちゃいないはずだよ。あれが長崎屋を継ぐことはないんだよ」
お染にいきなり実父の話をされて、松之助は手を握りしめた。
（あたしの生まれを知っていたんだ！）
育ての父が、松之助を東屋に奉公に出すとき、一通り話をしたのだろうか。どうし
て長男を真っ先に奉公に出すのか、尋ねられたのかもしれない。
松之助の父は、廻船《かいせん》問屋長崎屋の主人だった。家付き娘の妻に子が望めないと言わ

れ、余所《よそ》に子を作ったのだ。

ところが程なく、長崎屋夫婦には跡取りの息子が生まれた。それで松之助の母は、赤子を連れて義理の父と夫婦になったのだ。

(しかしなぜ今頃、そんな話が出てくるのか)

話の先は新月の烏《からす》で見えないものの、どうにもきなくさい臭《にお》いがしてしかたがない。自然と眉間《みけん》に皺が寄ってきた。

「そんなことは分かっているわよ。松之助は妾《めかけ》の子供だもの。でもね、長崎屋には私より二つばかり年上の若だんながいるの。一太郎という名で、そりゃぁいい男だという噂」

その話し方から、おりんが笑っている顔が目に浮かんだ。

「松之助に恩を売ってから、長崎屋の若だんなに手紙を書くのよ。たった一人の兄さんを心配してあげている、やさしい奉公先の娘として。若だんなはきっと心を動かすわ。少なくとも知り合うきっかけにはなる」

どうせいつかは嫁入りするのなら、あんな大きな店がよいとのおりんの声が、笑いと共に聞こえてくる。奉公人と所帯を持つなどとんでもない、婿《むこ》を取って東屋を継ぐことでさえ、不満なようであった。

「松之助だって長崎屋の若だんなに会ったら、私のことを褒《ほ》めるはずよ。間違いをしでかした奉公人さえ庇った、滅多にないほど情け深い娘だと」

「日本橋の大店《おおだな》へ輿入《こしい》れ？　そりゃぁ願ってもないことだけど」

おかみは娘の突然の話についていけないようで、とまどいが声に含まれている。それでも何とはなしに嬉《うれ》しそうであった。

(それが……最近あたしに愛想の良かった理由か)

松之助は聞いていられなくなって、とにかくその場から身を引きはがした。

7

短い廊下を抜けて三畳間に転がり込む。今日ばかりは、今ばかりは、狭い部屋の内に佐平がいないことが、心底ありがたかった。

ゆっくりと日が傾いていく中、何をすることも出来ず、ただ座っていた。体に細かい震えが走って止まらなかった。

その後佐平が湯屋から帰ってきて、話をしたはずであった。夕餉《ゆうげ》さえ、ちゃんと台所に行って食べたのだ。早々に床を延べたがどうしても寝る気になれず、一人裏庭に出て月の光の下、沓脱石《くつぬぎいし》に座り込んでいた。

膝《ひざ》の上に、風呂敷を抱えていた。

(奉公先の主人一家にきつく当たられる。別に珍しい話でもないじゃないか)

確かにその通りなのに、落ち着けという心の声の奥底に、眼前の夜より暗く剣呑《けんのん》な固まりが有る。

(ただひたすらに毎日が辛《つら》いのなら、我慢できたんだ。だがお嬢さんのやり口は……)

番頭の徳次郎は不安という魔に取り付かれ、己の正気を保てずに外道《げどう》に走ってしまった。殺された犬猫たちにとってはとんでもない話で、馬鹿《ばか》なことをしたと思う。何の解決ももたらさない、ただの憂《う》さ晴らし。それでも徳次郎の心情には、同情を寄せたいような哀れさがあった。

今回の騒ぎは、何とか真っ当に生きてきた果てに、疲れ果てて犯してしまった間違いだったからだ。

(己だとて追いつめられたら、やってしまったかもしれない)

松之助は空を睨《にら》んだ。月光が立て込んだ板葺《ぶ》きの屋根に、白く無慈悲に降り注いでいる。

（お嬢さんは確かに、猫の喉笛《のどぶえ》をかっ切ったりはしなかった。でも刃物を振り回された方が、まだましだったかもしれない）

非人情にも、人を踏んで目当てに行き着こうとする事の運び様は、こすっからい分虫酸《むしず》が走った。おりんはそれが悪いとも思わず、却《かえ》って己の賢さを誇っている様子だ。奉公人なぞ歯牙《しが》にもかけない。それどころか出来の悪い兄の与吉、いや父や母ですら笑って見下している。そんな気がする。

（この先ずっと、この店にいるのだろうか）

ため息をついて、暗く狭い夜の庭に目をやった。ぎりぎりしか奉公人を雇っていないから、手入れが行き届かず雑草が目立つ。

（番頭さんの年になるまで、後三十年もある）

ひやりとした感覚が過《よぎ》る。

（そんなに長い間……あたしは大丈夫だろうか）

底のない黒い不安を見た気がした。ここより他に行くあてもなく、迎えてくれる人もいないのに。お店者《たなもの》で、一人で食ってゆくだけの職が手に有るわけではない。

（せめて職人の親方の所に奉公していれば）

悔やんでも年月が戻る訳ではなく、松之助は宙に浮いた根無し草の身の上だ。

膝の上の風呂敷《ふろしき》を握りしめる。

（こんなものを持ち出して、あたしは一体、何をする気だったのか……）

眼前の包み一つが、松之助の全財産だった。着物も金もろくに持っていない。奉公人なぞ、十年以上も勤めてもこんなものなのだ。

少しずつ腹の内が煮えて来ていた。きっとこの先何年たっても、ずっと今のままだ。

（あのお嬢さんは近々本気で長崎屋に文《ふみ》を出すだろう。会ったこともない若だんなに、あたしを出汁《だし》に取り入ろうとする）

松之助の母は長崎屋から放り捨てられた訳ではない。身が立つよう過分なほどのものを譲られた上、後々の暮らしまで心配してもらったという。

しかし、長崎屋とはその後一切縁なきものとすると、約束したとも聞いている。その約定の上での金だったのだ。

もう一度、風呂敷を見た。嚙《か》みしめた唇から血が出ているのか、金臭い味が口にする。

（あたしは約束は守る。あたしのせいであんな女を、将来の若おかみとして長崎屋に送り込む訳にはいかない……）

あの優しげな作り笑いは、二度と聞きたくない。気がつくと松之助の指は、風呂敷を解いて、中から入れっぱなしだった紙袋を取りだしていた。

（石見銀山鼠取《ねずみと》り薬……こいつを井戸に……いや、湿気《しけ》った水汲《く》み用桶の底に入れておけばいい。朝おかねがその桶で水を汲んで瓶《かめ》にためる。真っ先に沸かした湯で茶を飲むのは、主人一家だ）

東屋の一家皆が巻き込まれることになる。その考えが、ちらりと頭をかすった。

（知ったことではないわさ）

悪いという気持ちなぞもてなかった。なるようにしかならないと、乾いたような残酷な考えが浮かぶ。己らしくないと思う。だが井戸に向かう足は止まらない。

月だけに睨まれながら、井戸端で乱暴に鼠取り薬の油紙を袋から出す。

（不思議なことだ。あたしにはこんなことが出来るんだね）

一人きりだということは、恐ろしいものだと人事《ひとごと》のように思った。母が生きていれば、この手は止まったのかもしれない。指先が震え、思うように包みを扱えなかった。もうすぐ人に顔向けできないような、極悪人になる。それを他事《たじ》のように、遠くから見ている己自身がいた。

「えい、邪魔な袋だよ」

薬を取りだした紙袋を、乱暴に懐《ふところ》に押し込む。そのとき、着物の内から転がり出て、夜の儚《はかな》い光を跳ね返したものがあった。

（あっ……）

井戸端に昼間の空が、切り取られて落ちてきたかのようだった。それは淡い月の光の下でも、ただひたすらに青かった。

「また……これのことを忘れていた」

手に取ってみる。指が少しばかり青く染まる。麗《うるわ》しさについ、月光にビードロをかざして周りを見てみた。

全てが青く清らかになっていた。

深い水底から月の世界を眺めれば、こんな感じなのだろうか。見慣れた井戸のたがですら、淡く青い光をまとって美しい。庭の石ころが玉のようだ。ありふれた小さな花は、蒼《あお》い唐《から》渡りの細工物かと見まごうばかり。

そして月は、あまりにも清浄《しょうじょう》とした天の色で全てを青く清めていた。

「なんて……ただきれいなんだ」

他の言葉は思い浮かばず、しばしそのまま青い世界の中に浸っていた。

「なんだか……」

ゆっくり、ゆったりと、その天上の色合いに満たされてゆく。足下から青に染まり、腹に、胸に染《し》みて頭まで上がってゆく。

「はあ……」

大きく一つ、息を吐く。

口元に笑みが浮かんできた。

(目の前の薄闇《うすやみ》が、こうも化けることがあるなんて)

気がつけば涙がこぼれて落ちている。いい年をして気恥ずかしかったが、誰も見ているる者はない。この涙すら、ビードロ越しにみればかんざしに付ける飾り玉のように、きらきらと輝くのかもしれない。

「まいったね。……ふふ、ふっ……」

肩を震わせて、今度ははっきりと笑う。

ビードロを、これが頼りというように握りしめた。

手を伸ばした松之助は、井戸端に散らばった石見銀山鼠取り薬の包みをかき集める。

それを再び風呂敷の中に収めると、静かに寝間に戻って行った。

8

翌日松之助は東屋から暇を取った。己の恐ろしさを身に染みて感じていた。二度とあんな非道な考えに浸らないよう、身を東屋から引きはがすのが一番と考えたからだ。

(あたしが辞めれば、お嬢さんの心づもりも消えてしまうだろうしな)

風呂敷一つ持って店を出た。

(本当に根の切れた水草になってしまったな。ろくに蓄えもないが、若いしきっと大丈夫だ)

口入れ屋で住み込みの奉公先を探すつもりだった。

早くに店を出る気でいたのが、いざとなると色々用もできて時間を食ってしまった。しかたなくその夜は近在の寺に泊めて貰《もら》い、次の日の朝、早立ちして身の振り方を決めようと心づもりをする。

ところが。

翌朝、まだ夜も明けない暗闇の中、疲れていたはずなのに松之助は突然に目を覚ました。

(何でこんな時刻に……)

思っている内に、耳が騒ぐ人の声を聞きつける。起き出して、妙に広いところに寝ていたのに気がついた。

（そうだ、ここは寺だった）

表の様子を見に行けば、恐ろしいことに近隣の板葺《ぶ》きの屋根のあちらこちらから、すでに小さな火が立ち上がっていた。

「火事だっ！」

声を限りに叫ぶと、寝ぼけ眼《まなこ》の和尚《おしょう》が部屋から飛び出てくる。その間にも美しく輝く火の粉が空を渡って家々の屋根に取り付いていた。急いで門の外まで出てみる。街道沿いの家には、既に大きな火柱となっている所もあった。夜明け前の道には大勢の人がいた。

（まずい、風が強い）

大火になりそうな不吉な予感がした。

（ここいらの家は板葺き屋根だから、こんな火の粉に降られてはひとたまりもないよ）

風は東から吹いている。明け六つ前で皆寝ていたところだろう。これでは火を消すどころか、逃げるに苦労しそうだ。

「東屋はどうなったろうか？」

和尚に断って寺を出た。急いで店に駆けつけると、店の前で東屋の三人が大きな荷物を抱えながら、与吉の名を呼んでいた。松之助を見ると、おかみが声をかけてくる。

「いいところに来てくれた。与吉を探しておくれな。こんな朝早くだっていうのに、姿が見えないんだよ」

だがおかみ自身は動かずに、大振りな行李《こうり》を持ち出そうと組み付いている。松之助はこの時ばかりはきつい言葉を向けた。

「風のせいで燃え広がり方が早い。そんな大荷物を持っていたら、逃げそびれますよ。早く旦那《だんな》さんたちと東に向かって下さい」

言っている間に、辺りはきな臭くなってくる。見れば既に東屋の屋根は、風呂のたき付けのように勢いよく燃え上がっていた。

「行って！　屋根が落ちます」

おかみの引きつった顔を残してその場を去る。

(与吉さん、こんな早くにどこへ行きなすった。それとも一人、先に逃げたかな)

一応店に入り探してみるが姿はない。火の粉が廊下まで焼き始めたとき、松之助はばったり番頭と出会った。

「松之助じゃないか。来ていたのか」

「何しているんです。早く逃げないと」

「算用帳とか注文帳とか、焼いちゃぁならないものが、店にたんとあるんだ」

持ち出したいものに引っ張られて、店に残ってはいたが、火に煽《あお》られて取りにもいけないようだ。松之助は強引に番頭の袖《そで》を引っ張って、表に連れ出した。

「店は丸焼けで、帳面どころじゃないですよ。とにかく風上へ逃げましょう」

信頼が厚い徳次郎さえ無事ならば、東屋は何とかやり直せるはずだ。既に店の周りには朱色の火の粉が飛び交っていて、顔や手が炎で炙《あぶ》られて苦しい。道に出たところで、松之助は手ぬぐいを被《かぶ》ろうとして袖を離した。

その途端、徳次郎は何を思ったのか、一直線に店に駆け戻っていく。

「番頭さん！　行っては駄目だ。店にはもう火が回っている」

「荷物が部屋にあるんだ。あたしの全財産が」

徳次郎は必死の顔で、飛び込んでいく。

「命の方が大切ですよっ！」

「今何もかも無くしたら……命を失うのと変わりゃしない！」

それだけを言い残して、徳次郎は火の中に戻った。松之助はもう声も出ずに、燃える東屋を見続けていた。

（わずかに貯《た》めたなけなしの銭。番頭さんには最後の頼りだったのか）

ここで丸裸にはなれなかったのだろう。五十にもなって、火事で住むところも仕事も失おうとしていた。命の心配よりも明日の不安が大きかったのか。

（なんてこった……）

待った。火で煽られながらも、柱が焼けて東屋の屋根が落ちるまで、徳次郎を待った。

だが松之助がその場を離れるまで、大した時は必要ではなかった。

東屋の近くから出た火は、風に煽られて西南の一帯を焼き尽くした。寺には炊《た》き出しを求めて、かなりの人たちが避難してきている。何日かの間松之助は炊き出しの手伝いをしながら、己もかゆを貰っていた。しかし助けを求める人は山とおり、若くて働ける松之助が、いつまでも寺の世話になる訳にはいかない。

（新しい奉公先を探さなくては）

一番近い口入れ屋にはとうに行ってみた。だが火事でたくさんの店が燃えた後のことだ。人が余っていて、なかなか仕事の口が見つからない。

進退窮《きわ》まった松之助はしかたなく寺を出て、生まれた家を尋ねた。歓迎されはしないと思いはしたが、他に道がなかったのだ。

ところが。

「まいった。ここも……焼けたのか」

懐《なつ》かしいはずの町並みは、焼け炭だらけの風景に変わっていた。義父たちがどこへ避難したのかも分からず、これでは頼りようもないことだけは確かだった。

（どうしよう……）

いよいよ追いつめられてしまった。仕事も住むところも金もない。荷物は小さな風《ふ》呂《ろ》敷《しき》包み一つ。身元を引き受けてくれる人もいない。このままでは乞食《こじき》になるしかない。

（いや、乞食にもなれないか……）

ああいう銭を貰って歩く者たちにも、親方がいると聞く。松之助が勝手に物乞《ものご》いをしたら、ただで済むとも思えなかった。

仕方がないので、そのまま歩いた。どこへと当てがあった訳ではない。だが雨宿りでもないのに、誰ぞの家の軒下にずっといることが出来なかっただけだ。

燃えた北の方を避け江戸の繁華な方へ歩くと、暫《しば》くして火を貰わなかった辺りに行き着く。そこから先は余りにも普段と変わらない風景があり、人が忙しく立ち働いていて、却《かえ》って目眩《めまい》がしてきそうだ。

だが落ち着く先を求めた人の群れは、ここいらにも来ているようで、更に何軒かの口入れ屋に飛び込んでも、住み込みの奉公先は見つからない。そのうちに暮れ六つとなり、やがては木戸まで閉まって、松之助は名前も知らない小さな橋のたもとに追い込められてしまった。しかたなくその場で朝まで過ごす気でいたが、夜半過ぎからは雨になった。

(せめて橋があって良かった)

そうは思ったものの、あまりに小さいので、両脇《わき》から雨が吹き込んでくる。足下も濡《ぬ》れていて座ることも出来ない。

(あたしはどうなるんだろうか……)

手ぬぐいを取り出そうと懐《ふところ》に手を入れて、堅いものに触った。

さすがに今夜は月もない暗闇で、その美しいビードロの青を眺めることは出来なかったが、そっと手で握りしめる。

(返しそびれたままだ……)

手の中にひんやり、つるりとした感触がある。この根付に一度は救われた。

(もう一度……これがあたしを救ってくれるんだろうか)

こんな状態で、幾夜も過ごしていけるとは思えない。松之助はそのまま祈るような気持ちで、朝が来るのをじっと待った。

9

翌朝明け六つで木戸が開くと、松之助はまっすぐに歩き出した。着物は水を含んで重たかったが、着替える場所もない。歩いていた方が体が暖かくて楽だった。

大きな通りには朝早くから人が出てきている。道を聞き、筋違橋御門《すじかいばしごもん》から南へ下る大通りを進んでいると、やがて大きな橋が見えてきた。松之助は見るのが初めてだった。

（これが日本橋……）

ここまで来ると、顔が堅くなってきたのが己でも分かる。繁華な大通りをさらに止まらずに歩めば、道の左側に目当ての大店が見えてきた。

（思った以上に大きいよ）

桟瓦《さんがわら》の屋根に土蔵作りの店構え。廻船問屋長崎屋の間口は十間もあるようだ。すでに小僧が箒《ほうき》で店の前をきれいに掃き清めていて、松之助はその上を歩くのが悪いように思われた。

会ったことはないが、実の父がいるという長崎屋。せめてどこぞ、奉公先を紹介してくれないかと頼んでみるつもりだった。

（煩《わずら》わしい顔はされるだろうね。酷《ひど》いやがるかも。でも働き口がどうでもいるんだよ。これほどの店なら、どこぞ知り合いの店にでも、紹介してもらえるかもしれない）

気がつけば足が止まってしまったが、ここで怯《ひる》む訳にはいかない。松之助は思い切って、たくさんの奉公人がいる店の中に飛び込んでいった。

（ビードロの持ち主がいる日本橋。地名から長崎屋を思い浮かべたが……これで良かったのか）

松之助はこの一時で、既に十回目位のため息をついた。

店に入った後、名乗ると番頭らしき人が応対に出てきた。用向きを伝えた後、程なくして店の奥に通された。朝早かったせいか、朝餉《あさげ》の膳《ぜん》まで出てきたのには驚いた。しかもみそ汁まで付いていた。

（そういえばもう丸一日、食べていなかった）

遠慮もなく飛びついたが、二杯目の飯を盛っても、まだ添えられたお櫃《ひつ》の中に飯が大分残っていたのにはたじろいだ。何故《なぜ》だか大急ぎで蓋《ふた》を閉め見ないようにしている己がいた。

しかしありがたい膳が下げられると、通された四畳半にぴたりと誰も来なくなった。そのまま一時余りが経《た》っている。何とも居心地の悪い時間だった。

(思わぬ厄介者が顔を出してきたんで、困っているのだろうか)

無体なことを願ったつもりはないが、長崎屋の主人にしてみれば、今更親だとも、松之助が子だとも思えないのかもしれない。

(どうしよう、やはりまずかったか……)

これは黙って帰ってくれと言う謎《なぞ》かけなのだろうか。松之助の腰が浮きかけたとき、廊下を足音が近づいてきた。障子の向こうに影を落として立ち止まる。ゆっくりと戸が引かれて開いた。

「おはようございます」

にこりとした笑みを浮かべて、若い男が入ってくる。手に菓子鉢を持っていた。

驚いて男の方をみると、妙に着ているものが良かった。いつぞや夢で見た長崎屋の若だんなもかくやという、縮緬《ちりめん》らしき着物に博多《はかた》帯。

(とてものこと奉公人には見えない。何故あたしの所へ菓子鉢を運んできたんだ?)

思っている間に、向かい合って座った相手が笑い顔で喋《しゃべ》り始める。

「来てくれてよかった。火事の後、どうなったか心配をしていたんですよ、兄さん」

（……兄さん！　ということはこのお人が、おりんお嬢さんが言っていた若だんな！）

驚きで声が出ない。長崎屋の若だんなに、兄さんと呼びかけられようとは思わなかった。口がきけずにいると、今度はごつい大男が茶を運んできた。若だんながよく分からない言葉と共に、砂糖と黄粉《きなこ》のかかった甘味を勧めてくる。

「この餅《もち》は隣の菓子屋の跡取りが作ったものだけど、餡《あん》がないからけっこうおいしいよ」

もうずっと菓子なぞ食べたことはない。いよいよ焦《あせ》った松之助は、落ち着こうとお守りのようになったビードロを取りだして握りしめた。

「おや、その根付。青のビードロですね」

目敏《めざと》く見つけたのは大男で、佐助という名の手代らしい。手のひらに乗せて見せると、手代はすぐに渋い顔になった。

「若だんな、これ、今年の初めに長崎から船で来たビードロですよね。気に入っていたようすでしたのに、何でこの松之助さんが持っていなさるんですか」

「あれまぁ。無くしたと思っていたら、兄さんが拾ってくれていたの」

どうやらこっそり東屋へ行ったときに落としたようだと、若だんなは舌を出して笑う。

「こっそり東屋へ来ていた?」

己を救った空の欠片《かけら》のような玉。これが長崎屋の若だんなの物だったというのだろうか。

(あのときの駕籠《かご》の客だ。駕籠かきは日本橋の商人《あきんど》だと言っていた)

玉を持つ手が、汗をかいている。

「兄さんの顔くらい見たい、話くらいしたいと思うのに、皆がやれ疲れるだの、本郷は遠いだの言って止めるんだもの。だから内緒で会いに行ったんだ。けれどちょうど、兄さんは店にいなかった」

(あの日だ。番頭さんが猫殺しだとばれて、あたしは店の外に走っていた。あの日、若だんなはわざわざ本郷にまで来ていたんだ)

「東屋から駕籠の所に帰ってきたとき、兄さんの姿はちらっと見たよ。何やら誰かと揉《も》めているようで、話しかけられなくてね」

そのとき落としたんですねと、手代は渋い顔だ。勝手をするからすぐ熱を出すのだと、奉公人らしからぬ口調で文句を言っている。

（あたしに会いに！）

どういう奇跡なのだろうか。自分を気にかけてくれた人が、この世にいたのだ。母が死んでから、そんな話は聞いたことがなかった。

松之助は目を見開き、若だんなを食い入るように見つめる。

「兄さん？」

青い根付をゆっくりと眼前に差し出した。

「あたしは……」

この玉のおかげで救われたのだと言いたかった。罪を犯さずに済んだ。何度も玉に守って貰《もら》っているようにさえ、感じていた。一番大切な物だった。

その玉の持ち主が長崎屋の若だんなで、血の繋《つな》がった兄弟で、自分と会えて良かったと言ってくれている。

（兄さんと呼んでもらって、本当にどんなに嬉《うれ》しかったか……）

せっかく会えたこの機会、何としても全部を若だんなに伝えておきたかった。それなのに涙が滲《にじ》んできて、自分でも止められない。声がうまく出ない。目の前がかすむ。

「兄さん、どうしなすった」

若だんなの手が、震える松之助の肩にかかった。その手は暖かくて、毎日一番身を暖めてくれた飯よりも暖かくて、松之助をほっこりと包み込む。

松之助は二人の前で畳に突っ伏して、泣き出していた。

四《よ》布《の》の布団

1

夜の闇《やみ》の中、押し殺したような泣き声が聞こえている。

まだ若い女の声であった。その嗚咽《おえつ》を耳にしながら、長崎屋の若だんな一太郎が夜具の内で眉《まゆ》をひそめていた訳は、声の主が部屋にいないことを承知していたからだ。

寝間どころか、若だんなが住まう廻船《かいせん》問屋兼薬種《やくしゅ》問屋の離れには、女は一人もいはしない。それなのにここ両日、眠ろうと横になり明かりを落とすと、いつの間にやら部屋の中に、啾々《しゅうしゅう》と悲しみを訴えるものがいる。

おとなしげな声で、別段恐れも感じなかったが、理由の分からぬ事が気になって眠れない。有明行灯《あんどん》の灯《ひ》もない常闇《とこやみ》の中、声だけの女と二人きり。さてどうしようかと、夜着の下で思案していた時だった。

突然、障子戸を引く音がした。部屋の内にひやりとした夜の風が入る。

（えっ？　今ごろ誰ぞ来たのか？）

驚いて身を起こそうとし、気がついた。天井にいつの間にやらびっしりと、黄色い二つ揃《ぞろ》いの光りが並んでいたのだ。

「あっ……！」

何を言う暇もない。まるで微《かす》かな声が合図になったかのように、それらは一斉に光の筋となって若だんなの上に落ちてきた。

顔の上だろうと布団《ふとん》だろうと、お構いなしに降りかかる。瞬く間に口を塞《ふさ》がれ、夜着の重さは十枚も重なっているかのよう。悲鳴を上げることも、寝床から起きることも出来なくなった。

額を小さな動く物が踏みつけてゆく。布団の上から蹴《け》られ、のしかかられ、息が詰まって涙が出た。

（げふっ）

胃の腑《ふ》が引きつれるような苦しさが走る。吐き気がこみ上げてくる。このままでは理由も分からぬまま、あの世に連れて行かれかねない。

そのときだった。不意に鋭い悪態が常闇の中に響いた。

「ちくしょう、逃げられたか」

その声が若だんなを動かした。

必死の思いで右手を夜着から出すと、顔面にしがみついているものを摑《つか》んで引き剝《は》がす。

(はぁっ……)

大きく息をついてから、次に夜着の端を持って片側を思い切り引き上げた。たくさんの塊が転げ落ちていき、何とか身を起こせるようになる。

「まったく……何が起こったっていうんだい！」

荒い息を吐きながら、一太郎が闇の中へ言い放つ。すると、ほどなく暖かげな光が部屋に灯《とも》された。

行灯の明かりに浮かんだのは、若だんなにはなじみの面々だった。

「申し訳ありません。起こしてしまいましたか」

大真面目《まじめ》な顔で聞いてきたのは、長崎屋の二人の手代《てだい》だった。その後ろに、山のように大勢の小鬼達が控えている。身の丈数寸、恐ろしい顔の主は、鳴家《やなり》という妖《あやかし》だ。

(さっき私をあの世に送りかけたのは、こいつらだね)

長崎屋には、一太郎が幼い頃より妖が入り込んでいる。祖母ぎんは人ならぬ者、大《たい》妖《よう》で、体の弱い孫息子を妖達に守らせたからだ。

いつも若だんなの側《そば》にいる二人の兄《にい》や、佐助と仁吉《にきち》も、祖父母が寄越した犬神《いぬがみ》、白《はく》沢《たく》という人ではない名を持つ者どもだ。

妖達は若だんなに恐ろしく甘い。しかし、いればいたで困ったことが起きるのも、世の常だ。

「あの騒ぎで起きなかったら、私は死人だよ」

若だんなは妖達の暴走に、思い切り渋い顔を向けた。部屋の内でこれだけ派手に動いておいて、若だんなが寝ていられると思う所が、この妖たちは人とは違うのだ。一太郎はため息と共に、踏ん付けられ蹴飛ばされた頭を抱えた。

「また具合が悪いのですか？　医者をよびますか？」

「いらないよ。さっきまで、いつにないほど調子は良かったんだ！」

手代たちの気遣いはいたって大真面目なものだ。これでは怒っていいのか、笑うしかないのかどうにも迷う。

「いったい夜中に何の鍛錬だい？」

「ここのところ若だんなのお部屋から、怪しげな気配がしまして」

「夜中に何やら面妖《めんよう》な泣き声。これは一大事と、そやつをひっ捕まえにまいりました」

「体の弱い若だんなの身に、なんぞありましたら、大変ですからして」

鳴家たちがきしむような声で言い立てる。

「ああ、あのすすり泣きのことか。お仲間じゃないのかい？　新入りの付喪神《つくもがみ》とかさ」

「それならば、我らにはすぐに分かること。違います。胡乱《うろん》な奴《やつ》で」

妖たちは真剣そのものの顔で、怪しげなものがここにいると言いつのる。

「逃がさぬつもりで、鳴家たちと共に一斉に部屋に飛び込んだのです。若だんなを起こしてしまい、申し訳ありません」

「ああ、そうだったの」

騒ぎの理由は分かったものの、これではどちらが体に悪いか、知れたものではない。

肝心の夜の声は、妖達の侵入と共にぴたりと止んでいた。

「泣き声だけで、別に害はなさそうだけど」

「何かあってからでは遅うございます」

仁吉が布団の傍に来て眉をひそめている。

「心配性だね。でもとにかく今日は、声は逃げちゃったみたいだよ。もう寝よう」

今の一幕でぐったり疲れた若だんなが、大きくあくびをする。そこに寝間の隅から声がかかった。

「若だんな、横になる前にちょいと聞いておくれかい？」

「おや、なんだい？　久しぶりだね」

一太郎が顔を向けた先には屛風絵《びょうぶえ》があった。器物が百年を経れば怪《かい》となる。その付喪神の一人屛風のぞきが、その華やかな風体を、絵の中から現していた。

人にない力がある分、妖達それぞれの力の差は大きい。若だんなが知る限りでは仁吉や佐助にかなう妖は、この辺りにはいなかった。それが気にくわないらしい派手好きの妖と、手代たちは昔から一貫してそりが合わない。生意気な奴が何事を言い出したかと、佐助が目を険しくして身構えている。

「お前、若だんなが寝るのを妨げるとは、何のつもりだい？」

「気がついてないようだね。お間抜けな話さね。よく聞きな。怪《あや》しの声の元は若だんなの布団だよ」

付喪神の言葉を、仁吉は鼻先で笑った。

「馬鹿《ばか》を言っちゃぁいけない。この布団は買ったばかりの新品なんだよ。五布《いつの》仕立てのまっさらな品。お前さんのような根性悪に、取っつかれる暇なぞなかった夜具なのさ」

「五布？　あたしには四布《よの》にしか見えないけどね。使い古しの因縁物なんじゃないかい」

三布《みの》、四布というのは、布団の幅のことで、布三枚幅でとか、四枚幅で、との注文で仕立てられた。

見れば紛れもなく四布仕立ての品で、その向い蝶菱《ちょうひし》模様の表地が注文と違うとなれば、中身の新しさもはなはだ怪しく思えてくる。

言われて初めて布団の幅の間違いに気づいた仁吉は、行灯のほのかな明かりの中でも分かるほどに、顔色を変えた。

「田原屋ときたら！　若だんなの布団だと言って頼んだんだよ。五布仕立てで新しい物をと、あれほど念をおしておいたのに」

「気づかずに受け取るなんて、手抜かりだねぇ。品代は約束どおりに払ったのだろう？」

角突き合わせている屏風のぞきに、ここぞとばかりせせら笑われて、手代は男前の顔をゆがめている。事が若だんなの大事とあって、もう一人の手代、佐助の眉間《みけん》にもしわが寄ってくる。

よ」

「五布だろうと四布だろうと、いいじゃないか。声だって害はないんだし、もう寝る
　騒ぐことではないと、一太郎はすぐに言い合いを止めにかかった。眠かったせいもあるが、それよりも布団を仕立てた店の名を聞いたとき、ある噂《うわさ》を思い出したからだ。だが妖たちは事を終わらせる気はないらしく、明かりを落とさない。風雅な作りの部屋の中には、物騒な話が行き交い始めた。

「田原屋というと、通り四丁目の繰綿問屋かい？　ふざけたまねをして」

　佐助の問いに返す仁吉の声が低い。

「あそこは特別に上物の布団を仕立ててくれるというので頼んだのだが。泣き声がする古布団をよこすなんて、何としてくれようか」

「仕返しですか。夜、火の玉でも飛ばして脅《おど》かしますか」

「化け猫でも、主人の寝間に放り込んでやりますか」

　口を挟んでいる鳴家たちの声が、生き生きとしている。話の間に立ち上がると、佐助が押入れからもう一組布団を出して寝間に敷いた。隣で横になっていた若だんなをひょいとつまみ出し、有無を言わさずそちらに移す。

「何するんだい。眠れないじゃないか」

放り込まれた夜着の冷たい感触で、目が冴《さ》えてきてしまう。不機嫌な顔の若だんなが、枕《まくら》を抱えながら手代たちに釘をさした。

「五布でも四布でもいいから、騒がないでおくれ。いいかい、田原屋に文句を言いに行くんじゃないよ。布団はもう使っているんだし、気がつかなかったこちらも悪い」

「若だんな！　こんな妙なものを掴まされたんですよ」

いわく付きの布団を、雪だるまのように丸めて廊下に転がし出しながら、あきらかに手代たちは不満顔だ。

「田原屋だって、わざとこんなものを寄越したわけじゃぁないだろうさ」

「納得いきませんや」

「お前たちの主人は誰だい？」

「それは若だんなで」

仁吉がすぐに返事を寄越した。普段の妖達の振舞いをみると、本心そう思っているのかは怪しいものだったが、建前ではそういうことになっている。

「じゃあ言うことをおきき。布団の件でこれ以上事を荒だてないこと。皆も寝るんだよ」

言い終えると、一太郎は頭から夜着をかぶってしまう。部屋中にそれでは収まらないとの気持ちが、満ち満ちているのが分かったが、声となって降ってはこなかった。

いかにもしぶしぶと言う感じで、明かりが落とされる。戻ってきたのは黒一色の夜。

若だんなはほっと安心して、やっと眠りについたのだった。

2

「かわいそうに、一太郎や、古い布団を掴まされたんだそうだね。寒くはなかったかい」

翌朝、廻船《かいせん》問屋長崎屋の店表に朝の挨拶《あいさつ》に行ったとき、父親の藤兵衛《とうべえ》にそう言われて若だんなはあせった。

「いえ、その、上等な布団ですよ。暖かいし……」

「寝込みがちなお前に、古物をおっつけるなんて、ひどいやりようだよ。大丈夫、おとっつぁんが田原屋に、きっちり文句をいってあげるからね」

「そんな事までしなくても。おとっつぁん！」

藤兵衛は一粒種の跡取り息子に甘い。大福を砂糖漬けにしたような物凄《ものすご》い甘さなものだから、ときどき若だんなには呑《の》み込めなくなる。今度の布団の一件も、こうとなったら一太郎が止《や》めてくれと言っても、引っ込むものではなかった。

（佐助と仁吉のしわざだね）

手代たちは田原屋に直接文句を言いに行くのを止められたものだから、藤兵衛をたきつけたに違いない。

（まったくこういうときだけ、妙に人臭い知恵を回すんだから）

しかたなく朝餉《あさげ》もそこそこに切り上げて、若だんなはどうしてもと言い張り、親と手代について田原屋に向かった。息子のことは別格の父親と、天上天下に一番の大事は若だんなと心得る妖の組み合わせに任せたのでは、物騒なことこの上ないからだ。

それでなくともこれからの話し合いを思うと、若だんなは心配でならない。

田原屋は通町《とおりちょう》に店を構える繰綿問屋だが、江戸一の繁華な通りに並ぶ他の店と比べると、大店《おおだな》と呼ぶにはやや見劣りがした。奉公人は二十人そこそこという所だろうか。長崎屋だとて店に奉公しているのは、三十人ほどだが、店の他に、河岸《かし》にはいくつもの蔵、港には千石船と数多《あまた》の水夫《かこ》を抱えているところが違う。

通町の他の大店より劣ると感じているせいか、よそに負けまいとしているのか、田原屋の主人はひどく商売熱心だという話だ。

（それだけなら、かまわないんだけど）

若だんなが文句を言うのをためらったのは、田原屋の主人が大層きびしい人柄と、評判になっているからだ。

奥から店表にまで怒鳴る声が響いたり、奉公が続かずやめてしまう小僧が多かったりと、通町での噂の種には事欠かない。先の年の暮れには大根の漬物一つのことで、女中がしばらく物が言えなくなるほど、しかりつけられていたという。

(布団《ふとん》は安いものじゃない。作り違えたなんて事になったら、怒った主人に店を追い出される者が出るかもしれないよ)

奉公先を出されたら、人、一人の一生が変わってしまう。明日から食べるに困ることだってあるかもしれない。

若だんなは十重《とえ》二十重《はたえ》に折り紙つきの病弱だが、長崎屋という大店の跡取りなのだ。奉公人には気を配っている。

(しかたない、何とか穏便にすませるよう、私が話を持っていくさね)

考え事をしていれば、武士に職人、お店者《たなもの》など大勢が行き交う広い通りの先に、はや田原屋の紺地の長暖簾《のれん》が見えてきて、戦の心構えだ。

(大丈夫。私だって、いつかは店の主人となる身。もめ事一つくらい、始末はつけられるさ)

若だんなは父親と手代の仁吉に挟まれるようにして、綿ぼこりのたつ繰綿問屋の店先からあがりこんだ。

3

「つまり、うちの店が納めた品に、間違いがあったと？」

長崎屋一行の応対に出てきた田原屋主人松次郎は、長崎屋藤兵衛よりは一回りほども若いかという年ごろだった。

だが見た目は大分見劣りする。店の品に文句を言われたのが気にくわないのか、こめかみに青筋を浮かべた癇性《かんしょう》の蟷螂《かまきり》という風情《ふぜい》で、若だんな達と向き合っていた。

通された部屋は、裏に一つ戸前《とまえ》建つ蔵が見える六畳で、夏は風通しが悪く暑そうな場所だ。

そこに田原屋のおかみが、手ずから茶を運んできた。お千絵を見た一太郎は、はっとして顔を上げる。そのはかなげな物腰が、母親のおたえを思い起こさせたからだ。

長崎屋のおたえは、淡い雪に譬《たと》えられたこともある佳人だが、お千絵の方は何やらもっと、頼りなげな風情だ。

（冬の朝に見る霜を思い出す人だな。きれいだけど、すぐに溶けて消えてしまいそうだ）

己の亭主だというのに、お千絵は田原屋を前にして笑顔がない。腰がひけている風にも見えた。

その様子を見た田原屋は、何やら眉間のしわをぐっと深くして、妻に問いただした。

「長崎屋さんに納めた布団に、仕立て違いがあったそうだよ。お前、何か聞いてないかい？」

「私は……仕事のことは分かりません」

「年若い奉公人のことは、お前に任せているじゃないか。布団を縫ったのはお梅だろう。お前が面倒を見ていたはずだよ」

「知りません。ほんとうに……あの子はもう店にいないし……」

おかみの何とも頼りのない返答に、田原屋はいらだったのか、だんだんと声を強めてゆく。言葉は部屋に響くほどになってゆき、それに勢いを奪われたかのように、おかみの返事は一層細ってゆく。じきにすみませんと繰り返すだけになった相手に、やっと黙った田原屋は、不機嫌という字を顔に張りつけていた。

「これじゃぁ、らちが明かない！　ちょっとお待ちくださいな、長崎屋さん。すぐに番頭に確かめてみますから」

「はあ……」

田原屋の張り詰めた物言いに、長崎屋藤兵衛も言葉を失いがちだ。

奉公人を呼ぶ夫の声の傍らで、お千絵は顔を強《こわ》ばらせ、微《かす》かに震えてさえいる。その様が更に癇に触ったに違いない。田原屋のこめかみの青筋は、芋虫でも張りつけたみたいに盛り上がり、ぞわりと動いた。

呼ばれて書き付けと共に姿を見せた番頭も、主人の様子を見るなり顔色を暗くする。挨拶の後、視線を畳に落としたきり上げなかった。

「番頭さん、長崎屋さんからの布団の注文は、どうだったかね」

客の前ゆえに、気持ちを押さえているのだろう、田原屋の声は低いが、言葉の端が震えていて、聞く者の気持ちを不安げに揺らす。

(ご主人が番頭さんをひどく叱《しか》るようだったら、止めに入らなくっちゃぁね)

一太郎が気をもむ前で、番頭は静かな声で主に答えている。

「五布仕立て、藍《あい》の向い蝶菱柄。必ず新しい綿でと、ご注文で。二日ほど前にお届けしました。お代もいただいております」

「算用帳に届けた品のこともつけてあるだろう。布団の注文は少ない。確かめなさい」

「二日前……はい、ございます」

帳面上に布団を確認した番頭の声に、ほっとした響きが混じる。代金、届け先と進んでいったところで、読み上げる声が不意に止まった。

「どうしたね？」

主人に聞かれても、すぐには返事が出てこないようであった。

一太郎が心配げな視線を向ける中、番頭は突然、頭を畳にすりつけた。

「申し訳ありません。間違えて……四布の品が行ってしまったようで」

「届け間違いかい？　作り間違いかい？」

田原屋が声と共に立ち上がって、番頭から帳面をひったくる。主人の青筋は、今や額にも首にも太く青黒く浮かび上がって、鳴家《やなり》も泣き出しそうな物凄い面立ちになっていた。

（これはすさまじい……人の身で、こんな顔になるとはね）

田原屋はよほどの癇性なのか、物の怪《け》を見慣れている若だんなでも腰が引けるほどの怒りを、算用帳をみる総身から染《し》みださせている。番頭は頭を下げたまま声もない。

（とにかくここは落ち着いてもらわないと）

そのために来たのだ。若だんなが一声かけようと身を乗りだした、そのときだ。

「そんなに怒っちゃぁ、番頭さんが口がきけません。いつもあなたが大きな声で叱りつけるから……」

おかみの口が先に開いた。

それを聞いた田原屋が目をむいた。

「私がなんだって？」尋ね返す声が裏がえって高く響く。

「自分たちの間違いを、主人の私のせいにするのかい？」

「そんなこと、一言だって言ってないじゃないですか。ただ、声をもう少し落としてくれたら……」

「この声は地声だ！」

益々《ますます》田原屋の声に緊張が含まれる。膨れて今にもはじけそうな、ハリセンボンのようだ。

「田原屋さん、あの……」

今度こそと、若だんなが言いかけた刹那《せつな》。

「俺のせいだと言うのかぁっ！」

雷にも似た絶叫が走った。

音に殴りつけられる。一太郎はのけぞった。

祭りで大太鼓を、身の側《そば》で打たれた感じに似ていた。声が重さを持っていた。辺りを打ちすえたのだ。

（真昼なのに。行灯《あんどん》の明かりが落ちた？）

天井と床が消えた気がした。訳も分からないまま、ぼうっとしていると、父親の声が遠くから近づいてくる。さかんに呼びかけてくる響きには、手代のものも混じっている。

（はて、何であんなに私の名を呼んでいるんだろうね）

思っている間に、ふわりと体が浮いたようであった。「うちの子を殺す気かい」とか、「ぼっちゃまは病弱なんですよ」という話し声が重なって聞こえる。

（なんだい、このところは調子いいんだよ）

そう言い返してやりたかったが、どうしたことか言葉が出ない。

「私は何も、若だんなを脅かすつもりじゃぁ……」

「言い訳より医者を。源信先生を呼んで下さい」

父がしゃべる方に明るさを感じて横を向く。ぼんやりと目に入ってきたのは、顔のすぐ傍にあった、父の気に入りの鯉《こい》の根付《ねつけ》だった。いつのまにやら、親に抱きかかえられていたらしい。

「こちらの部屋にすぐ布団を敷きますから」

おろおろとした言いようは、先ほどの番頭のものだ。仁吉は番頭よりも素早く、その部屋の襖《ふすま》を開けようとして……不意に手を止めた。立ちつくす手代の姿に藤兵衛がじれた。

「何しているんだい、仁吉。早く開けておくれ。一太郎を寝かせたいんだよ」

それでも動かない手代に代わって、田原屋の番頭が部屋を開け放った。

「えっ……」

居合わせた五人の視線がぐっと下がって集まり、動かなくなる。

八畳の間の真ん中に、男が一人、頭を血に染めて死んでいた。

4

「まったく田原屋の一件には、困っちまってね」

ため息まじりにこぼしているのは、日限《ひぎり》の親分の名が通りのいい岡っ引きの清七だ。

騒ぎ以来、三日も寝込んでいる若だんなの見舞いにと、長崎屋の離れを訪れていた。

通町が縄張りの岡っ引きは、金離れの良い長崎屋にはおなじみの顔で、時々若だんなの元に来ては、菓子と付け届けを引き換えに、自慢話を置いてゆく。

だが見舞いの言葉もそこそこに、今日、日限の親分が語るのは、田原屋の騒動の愚痴ばかりだ。

「死んでいたのは、通い番頭の喜平という者で。頭の後ろを殴られていた。殺されたのは間違いのないところだが、さて、その先が分からない」

謎《なぞ》掛けが好きな若だんなは、いつもなら手代に止められても、この辺でしゃべりに加わって来るところだ。

しかし今、一太郎はひどく落ち込んでいて、話に乗っていかない。もめ事を止めに行った田原屋で、自分が大騒ぎの元になったのだから、情けなさもつのろうという訳だ。甲羅に身をすぼめた亀《かめ》のように、目から先だけ出して布団《ふとん》にもぐり込んでいる。

「通い番頭さんは誰ぞに恨まれていたんですか？」仁吉の言葉だと、部屋の中には死体が一つあったばかり。他には何も見あたらなかったそうで。いったい何で殴られたんです？」

菓子鉢と茶を並べながら、興味津々《しんしん》口を挟んできたのは、廻船《かいせん》問屋長崎屋の手代、佐助の方だ。一太郎が寝込んだときは妖《あやかし》である二人の手代のうち、どちらかは必ず側にいるのだった。

「それがなぁ……」

日限の親分は大きなため息をついて、言い澱《よど》んでいる。よほど悩んでいる風情なのだが、胃の腑《ふ》の調子は悪くないらしい。嘆息している間に、ほんのりと淡い色のついた求肥《ぎゅうひ》を、五つ六つも口に放り込んでいた。

「喜平は今年厄年の、実直すぎるほどの真面目《まじめ》な奉公人でな。固いばかりで面白みはないが、恨まれる奴《やつ》じゃあない」

「田原屋の主人なら、いくつも殺される理由があるのにねぇ」

「おいおい、佐助さん」

いつも砂糖菓子より大事に扱われている一太郎は、初めて目にした田原屋の癇癪《かんしゃく》に目を回してしまい、寝込むこととなった。

(長崎屋の面々は、田原屋のことを許せないみたいだね)

話を続ける岡っ引きの口元に、苦笑が浮かんでいる。

「この番頭、どこで、どうやって殺されたのか、それすらまだ分かっちゃぁいない。どうせ死ぬんなら後の始末も考えた上で、きれいにあの世に行って欲しかったよ」

「……親分さん、どうしてあの部屋で、殺されたのではないと分かるの?」

興味が募ってきなくなったのだろう、布団の中から首を出した一太郎が、ここで口を挟んだ。喋《しゃべ》ったりして疲れはしないかと、心配性の手代がすぐに顔をしかめる。

（おっと、ここで話を止められちゃ、かなわないよ）

一太郎はすぐに佐助に笑顔を向けると、いつもは食が細いのに今日は自分からねだった。

「生姜湯《しょうがゆ》を作ってよ、飲みたいから」

とたんに機嫌の良い顔が戻り、佐助はそそくさと台所に急ぐ。

「人の扱い方を心得ているねぇ」

岡っ引きが目を見張る。一太郎は床の内から、にやりとした笑いを返した。

日限の親分は思わず浮かんできた（これで体が丈夫ならねぇ）という言葉を、飛び出しそうになった口の先でくわえて呑《の》み込む。

若だんなの病気見舞いに来ているだけで、岡っ引きはすっかり長崎屋の者と顔なじみになってしまった。利発なだけに寝込む性《しょう》でさえなければと、惜しむ者は多いに違いない。いいかげん、そんな言葉は聞き飽きて、うんざりというところだろう。

（これればかりは己でどうにか出来るわけじゃなし）

日限の親分はそんな若だんなが、寝つくのを嫌う様子が好ましかった。いっそ病人だと甘えてしまえば、優しいばかりの身内の中で楽に過ごせるかもしれない。それを厭《いと》うて、せっせと床を離れてはまた舞い戻る。手代に心配されても、病人扱いはごめんだと繰り返す。

(若だんなは、江戸っ子だよ)

心得顔の親分は、手代が戻って来る前にと、一太郎の質問に答えを返していた。

亥《い》の刻、月は周りに蒼《あお》い光をまといながら、夜空に座っている。板戸をたてれば、部屋の内のことは人目につかない。その刻限になると風雅な作りの長崎屋の離れには、人ならぬ輩《やから》が影を揃《そろ》えていた。

「古くなっちゃぁ不味《まず》いだけだから、お食べ」

またも寝ついてしまい人恋しい若だんなが、食べきれぬ菓子を気前よく出してくれるものだから、布団の周りは毎夜、妖だらけだ。

天井や壁を怪しの者が駆け回り、達磨《だるま》火鉢の周りで食べて話して、妖の宴会といった盛り上がり。そんな中この三日、離れでは話の肴《さかな》に、田原屋の殺しの件が口に登っていた。

「どこにも血の飛び散った跡がない。得物も転がっていない。つまり番頭はあの部屋で殺されたんじゃないと、日限の親分は今ごろ考えているというわけですか」

「人って言うのは不便ですねぇ」

「我々ならすぐに分かるってもんで」

獺《かわうそ》や鳴家が口々に言いたてる言葉に、臥《ふ》せったままの若だんなは、驚きの表情を作る。

「そんなにはっきり感じとれるの？」

「あの部屋からは、真新しい血の香りはしなかった。我々は臭《にお》いに敏感ですからねえ」

生姜湯を枕元《まくらもと》に置いて、仁吉が答えていた。

「田原屋で襖の向こうから漂ったのは、死人の臭いでした」

「あのときお前が襖を直《す》ぐに開けなかったのは、死体があると知ったせいかい？」

若だんなの問いに、仁吉はあっさり首を横に振った。

「もう死んじまっているものなら、布団を敷く邪魔になるだけですが、人殺しが部屋に残っていたら厄介だ。それで用心したんで」

「お前、そんな気の毒な物言いをして……」

若だんなは手代に向かってため息をつく。死ねば人も仏となるのだろうに、言いようがぞんざいなこと、この上ない。

「じゃぁ、お前さんたちには通い番頭が殺された場所が分かるんだね？　下手人《げしゅにん》の名は？　凶器はどうだい」

若だんなの声に、誇らしげな笑いを浮かべた妖達が返事を返す。

「さすがに下手人までは分かりませんが、ご命があれば、殺しの場所は小半時《こはんとき》ほどで眼串《めぐし》がつけられます。番頭を殴りつけた物がなにかも、ついでに探ってきましょうか」

「頼むよ。調べておくれ」その言葉と共に、鳴家たちや獺、野寺坊《のでらぼう》に屏風《びょうぶ》のぞきまでが、影を夜に溶かす。こういうとき人ならぬ身であることは、まことに都合がよかった。

「凄《すご》いね。でも仁吉、すぐ分かることなら何故《なぜ》今まで調べなかったの？」

「調べた方が良かったんですか？」

真顔でたずねてくるところが妖だ。この件に苦労している日限の親分が聞いたら、涙を流すかもしれない。

「殺しの謎が分かれば、気がすっきりとして、私はよく眠れるようになるよ」

床の内から上目遣いにそう持ちかけると、手代の反応はがぜん違ってくる。

「ならば力を入れて探ってみましょう。若だんなの眠り薬になれるなら、番頭の死体も冥利《みょうり》に尽きると、笑い出そうってもんで」

「……そりゃぁ、怖い話だね」

野辺送りも済んだはずだ。番頭はとうに土の下にいるのだろう。若だんなはうつぶせになって、枕を抱え込んでいた。

(厄年の通い番頭だったというから、もしかして小さな子や、おかみさんがいたのかな)

奉公人は普通、店で寝起きの内は所帯を構えたりしない。長年勤めあげた後、やっとまとまった金をもらい、独立したりよそから通う許しを得る。もう若くもない歳《とし》になってから妻をもらい、初めての子どもを得る者が多かった。

(心残りがないといいが)

若だんなは行灯の灯《ひ》に押しやられている闇《やみ》に目を向けながら、田原屋からの知らせをじっと待っていた。

5

「ただいま帰りましてございます」

いの一番に長崎屋に戻ったのは、いつも先陣を切るのが嬉《うれ》しくてたまらぬ鳴家《やなり》だった。

「番頭の亡《な》くなった場所が分かりました。繰綿問屋の作業場、綿を小分けにして詰めている、店の横の板間で」

得意げな顔を輝かせて、寝ている若だんなと手代達に報告する。達磨火鉢の側に置かれた文机《ふづくえ》にひょこひょこと登り、佐助が用意した紙に店と並んだ作業場の位置を書きいれた。

するとそこに、声が割って入った。

「何を間抜けなこと、言っているんだい。番頭が死んだのは、土蔵の中。布団をこさえる仕事場の下だよ」

筆を取って土蔵を紙に書き足したのは、金襴《きんらん》の帯を結んだ付喪神《つくもがみ》、屏風のぞきだ。

その筆の墨が乾ききらぬ内に、また他の場所を告げる者が出た。衣装のきらびやかなことでは屏風のぞきに負けはしない、美童姿の獺だった。

「あたしが確かめたところでは、番頭が殺された部屋は、台所の脇《わき》の小部屋です」

付け足された部屋の間取図を、屏風のぞきがにらんでいる。そこにさらに野寺坊の言葉が加わった。

「通い番頭は、田原屋の旦那《だんな》の寝間で襲われたらしいよ」

ここだと図に書いて寄越した野寺坊に、

「どうしてこう、あっちこっちで死ぬんだい」

佐助が不満げに間取りを書いた紙を示す。足して四つの場所で番頭が死んでいたと聞いて、妖達は目を丸くした。

「通い番頭はずいぶんと器用な奴で」

常識をおといに置き忘れている妖の言葉に、若だんなは顔をしかめる。

「人が何度も死ぬものかね。正しいのはひとっところだよ。誰の調べが信用できるのかい？」

「そりゃぁ、あたしで」

全員が気を合わせたごとくに返事をする。

「はっきり血の臭いが残っていました。間違いありませんや」

これも似たり寄ったりの言葉を揃え、我の示した所が通い番頭の死に場所と言い立てる。臥せった若だんなの両側に陣取った妖達は、お互いに頑固な顔つきを見せて角突き合わせ、一歩も引かない。それに何やら思案げな表情を向けながら、一太郎は別のことを問いだした。

「そういえば、通い番頭を殴り殺した物は、何だったんだい？　それも調べてくると言っていたよね」

うるさいくらい言い合っていたのが、その一言でぴたりと止《や》んだ。お互いの目をのぞき込んでいる所をみると、四人の内で凶器を見つけたものはいなかったようだ。

「なんだい、威勢よく出ていったくせして、尻《しり》すぼまりな結末だね」

火鉢の脇《わき》に座った仁吉に軽く笑われて、屏風のぞきは眉《まゆ》をつり上げた。

「見つからなかったんじゃないよ。なかったんだ！」

「それは本当の話で、壺《つぼ》も家具も庭石まで調べましたが、血の臭いの染《し》みついた凶器はありませんでした」

鳴家も付喪神の言葉にうなずく。

「あたしも奉公人の荷物まで見てみたが、怪しい物はなかった。あの屋の内から、殺しに使った品は出てこなかったんです」

獺がそう言えば野寺坊がさらに謎《なぞ》を増す。

「大きな商家はどの家も堀に近い。井戸もある。下手人は人殺しの道具を水に捨てたかもしれぬと思って、濡女《ぬれおんな》に水の内を見てもらった。だがね、それらしい物はなかったとさ」

「ちょっとお待ちよ。死人は一人なのに、死に場所は四箇所。殴られて殺されたのに、殴った道具はない。なんだい、これじゃぁ却《かえ》って判じ物が増えてしまったじゃないか」

仁吉が大いに渋い顔を浮かべるのに、

「ないものはないんだよ。どうでも見つけたきゃぁ、自分で探してきな」

屏風のぞきが嫌味っぽくも言い返す。話の雲行きが怪しくなり、部屋の中に拳《こぶし》の雨でも降りそうだった。

だが若だんなは、相手が家の内の妖《あやかし》ならば、怖いことは何もない。二人の方など見もせずに、枕にあごを乗せて何やら指を折って数え上げている。ほどなく得心した面持ちになり、しきりにうなずいていた。

「若だんな、どうかしましたか？」

その様子をのぞき込んだ仁吉に、一太郎は布団《ふとん》の中から、にやりとした笑みを返す。

「若だんな？」

「通い番頭はあちこちの部屋で死んでいた。その頭を殴りつけたはずの物がない。田原屋の主人は恐ろしい癇性《かんしょう》だ。ここらで判じ物はつながるのさ」

「あのいまいましい繰綿問屋の主が、自分の所の番頭を殺したんで？」

妖達はぱっと明るい顔を作って聞いてきた。だがこれに若だんなは首をふる。

「殺した相手を、自分の寝間に放っておく者がいるもんかね。そうだろう？」

言われてみればその通りだが、

「人違いでもいいから、あの主人が下手人の方が面白くありませんか」

仁吉はそう持ちかけて一太郎に睨《にら》まれた。

（まったく妖達は田原屋を、よほどのこと嫌ったようだね）

手だてがあれば、本気で下手人に仕立ててしまいそうなところが怖い。

「とにかく通い番頭の死体があちこちに顔を出す理由は分かったとして、問題は下手人のことと、布団の泣き声のことだ。これらはまだ訳が分からない」

ぺろりと言う若だんなの顔に、仁吉が視線を送る。

「説明して下さいましな、若だんな」

「おや、ここまできたのに、お前たちまだ、分かっていないのかい？」

横になったまま一太郎が、にやにやしながらそうのたまうと、布団を取り囲んだ妖達が一斉にざわめいた。

「なんて冷たい物言いをするようになったんです？　ああ、一生懸命育ててきたのに、こんなに薄情になって……」

「大げさな言い方をするんじゃないよ」

若だんなは慌《あわ》てて事の次第を妖達に話し始める。そしてすぐに、楽しそうな笑みを浮かべた。

「皆、ちゃんと聞いておくれよ。ちょいと手伝ってもらうことがあるかもしれない」

何やら愉快なことを一太郎が考えているらしいと、見て取ったのだろう。布団の周りの妖の輪が、ぐっと狭まった。

そこに若だんなの低い声が流れる。

真剣な口調であった。聞いている妖達の口元に笑みが浮かぶと、それはにやにや笑いとなって、広がっていった。

6

田原屋の店の奥で、ここ二、三日、小声で語られている噂話《うわさ》があった。

(店の中で、番頭さんの遺体を動かしていた者がいたそうな。日限《ひぎり》の親分がほどなく、引っ捕らえに来るらしいよ)

主人の怒りが怖いのか、声の主は誰ぞの足音がすると、姿を見られる前に消えてしまう。それでも奉公人の間に、噂はあっと言う間に広がって、誰もが知る話となった。

すると、不安げな目をする者が出てきた。小僧といくつも違わない若い手代もそうで、主人の寝間の前に立ちつくしている。中をのぞき込み、何を見たというのか、ため息をつくとそのまま店の方に消える。

ほどなくして田原屋に怒鳴られていたあの番頭が、綿を詰め分けている板場に現れる。何もない中で、番頭は目を閉じて何やら考え込んでいる顔だ。

台所をあずかる女中は柱の陰から店表に視線を向けていたが、すぐに台所に引っ込み、味噌《みそ》や米を入れておく小部屋に向かった。

まもなく出てきた女中は、台所におかみがいることに驚いて、あわてた素振りで井戸端へ出ていった。

お千絵は何の用なのか、台所で一人、唇をかんでいた。そのまま何も言わずに、台所の先の土蔵に入っていく。

蔵の戸が閉まると、風が強い日でもないのに、ぎしぎしと軒が軋《きし》む音が台所に響いた。

お千絵の後ろ姿が土蔵に消えてから、しばし後。七つを過ぎた頃、夕刻の黄味を帯びた日の中、田原屋を訪れる者があった。長崎屋の若だんなと手代で、今日は佐助をお供にしている。

「布団の代金は返していただきましたので、品物を持ってまいりました」

いわく付きの布団は、品違いということで返金されていたものの、番頭殺しの騒ぎが起こったせいで、長崎屋に置かれたままだった。金を返してもらった上に品まで貰《もら》うわけにはいかないと、若だんながわざわざ届けに来たのだ。

「これは恐れ入ります」

店の者に頭を下げられ、すぐ奥の六畳に通される。案内の者が出ていくと、若だんなは手代と残った部屋の、誰もいない隅に向かって声をかけた。

「色々ご苦労だったね。上手《うま》くいったかい？」

すぐに軋むような声が答える。

(噂はよく効いたようで)

(若だんなの言われていた通り、顔に心配を張りつけた輩《やから》たちが、血の臭いが残った

部屋に顔を出してきました)

(死体が転がっていた部屋から部屋へ、あいつらが死んだばかりの通い番頭を移したんですね。だから、血の臭いがいくつもの部屋に残った。そのお話は分かりましたが)

(なんでまた、そんなことを)

「間抜けなことを言うんじゃないよ。己が見つけたと騒いだあげく、人殺しの疑いがかかっちゃぁ、嫌だからだろうさ」

質問の主は、不思議と人目に付かない妖である鳴家たち。答えたのは佐助だ。若だんなはその問答を聞いて、口元に微《かす》かな笑みを浮かべた。どうやら答えは他にもありそうな気配だ。

「最後に遺体が見つかった部屋で血がほとんど臭わなかったのは、あそこに運ばれる頃には、頭の血も乾いていたからだろうよ」

(ということは、佐助さん、怪しいのはあの四人の内の一人ってわけで?)

(誰がどこへ死体を移したか、熱心に聞いておいでだった。ということは若だんな、もうお分かりなんでしょう？　下手人はどいつなんです？)

「黙って。人が来たようだ」

一太郎が顔をあげ、佐助と心得顔に目くばせをする。

そのとき障子が開かれた。

「これはおかみさん、お手数をおかけします」

茶を持ってきたのは今回もおかみで、先に来たときの田原屋の非礼を、また丁寧に詫《わ》びてくる。若だんなは気にしないで欲しいと言ったものの、いつも田原屋はああ強面《こわもて》なのかと、おかみに聞かずにはおれなかった。

「昔はあんなきつい人じゃ、なかったんですけどね」

困ったようにおかみが視線を落とした。表長屋で細々と木綿ものを売り、奉公人が一人しかいなかったときは、楽しかったと小さく笑う。

「それが商売が上手く行って、この通町に店を出したじぶんから、あの人は人にも自分にも大層きびしくなってきて。一年、二年と店が大きくなるのと合わせるように、怒鳴り声が怖くなって……」

この頃では小僧から番頭まで、主人の一言一言にぴりぴりとしているという。

「あの人は殴ったりするわけじゃないんです。だから主人のことを誰ぞに相談をしても、手を出さないだけましだ、他にもっと酷《ひど》い話はあると、そう諭されてしまう。怖い、怖い、耐えられないと言っても、だれも本気で聞いてはくれなくて……」

余程のこと溜《た》まっていたものがあったのか、話し始めたのが止まらなくなっていた。

「でも、あの声を聞いた若だんなさんならお分かりでしょう？　主人のあの恐ろしい癇癪《かんしゃく》を聞くと、私はいつも寸の間《ま》息が止まってしまうんです。いっそ本当に殴られていたら、誰かが分かってくれるのに……」

田原屋の怒気に耐えかねて、逃げてしまう奉公人も増えてきている。話すおかみの体が細かく震え始めて、若だんなが心配になってきたとき、廊下から慌《あわ》ただしい足音が近づいてきた。あっと言う間もなく障子戸が開くと、いつぞやの番頭が顔を現す。

「どうなさいました？」

佐助が問いただしたのも道理で、息を切らした番頭は、青黛《せいたい》を塗りたくったような顔を引きつらせている。

「私には何が何だか……。返していただいた布団が、突然泣き声をあげだして……」

その言葉と重なるように、ざわめきが廊下を渡って来る。若だんなと佐助、おかみはその声に引かれるように、ほの暗くなってきた店の中を急いだ。

突き当たりは台所の竈《へっつい》の横手、板間になっていた。田原屋は母屋《おもや》も蔵も屋根がみな繋《つな》がっている作りであるらしく、台所の先に突然分厚い土蔵の扉が現れる。田原屋の面々が顔を蒼《あお》く染めて、その前を取り囲んでいた。

聞けば土蔵の二階に長崎屋から戻った布団を運び入れたところ、突然聞こえた声に驚いて、小僧が蔵から逃げ出してきたというのだ。蔵には布団を検《あらた》めていた田原屋がまだ、残っているという。

「そんな不可思議の真ん中に、主人を置き去りにしてどうするんだい」

若だんなの言葉に、田原屋の奉公人がすがるような目を向けてくる。本当ならば店の者が蔵に入らねばならないところだろうが、怪しい声が怖いのか、主人を避けているのか、誰も名乗りを上げないでいる。

その間に一太郎は、佐助を伴ってさっさと蔵の扉を開けたのだった。

7

「一度きりで、その後は泣きません。女の声でしたが……」

土蔵の二階で、たたまれた布団を見下ろしている田原屋の言葉に、不安げな響きが混じっている。

「始終、声を出している訳じゃぁないのかもしれませんよ。私どもが運んできたときは、静かなものだったんですから」

若だんなが言うと、田原屋がまた蒼くなった。おかみのお千絵は若だんなに促されて蔵の中には来たものの、二階に上がったところで座り込んでしまっていた。

蔵は普通の土蔵とかわらず、入ってすぐには所狭しと箱や古い調度、長持やらが置かれている。部屋の脇《わき》の急な階段の上、二階の蔵座敷を、田原屋では上物の布団を仕立てる場所にあてていた。

蔵座敷というと、人目に付かないのをいいことに、大店では凝った作りにする事も多い。だが田原屋のそれは、先に若だんなが通された客間よりも質素なくらいだ。窓近くの隅の方に藍《あい》地の布の切れ端と、裁縫道具が置かれていた。

田原屋にとって夜具作りは、繰綿問屋の生業《なりわい》の片手間にしている仕事だ。だが、わざわざ布団《ふとん》をよそに縫わせようという注文主は、高価な品をあつらえる事が多いという噂だった。

(もうけも悪くないだろうね)

小さな行李《こうり》のようなものは壁際《ぎわ》にあったが、奉公人の姿はない。今部屋の中で己を主張しているのは、分厚い一組の夜具であった。

「泣き声の主に、心当たりはおありかえ？　田原屋さん」

若だんなの問いに、主人は顔をしかめる。

「若い女の声だったとしか……」

言いかけて会話が途切れた。

気がつけば、細く小さな泣き声が聞こえていた。田原屋の体がふるえ始める。嗚咽《おえつ》はすぐにまた消えた。若だんなは言葉を失ったかのように黙り込んだ主人に尋ねた。

「布団を縫っていたのは誰ですか？」

「奉公に来て一年ばかりのお梅という娘で。……あんな間違いをして、申し訳ない」

田原屋の物言いに、それまで黙っていたおかみが後ろから口を挟んだ。

「あんたが……いつもいつも叱《しか》るから、あの子は泣いてばかりだった」

おどおどとした言い方の中に、相手を責める口調がある。その言い方に、田原屋が
鋭い視線を返した。

「お前はいつも、私のやりようが気にくわないみたいだね」

「わ、私ばかりじゃありません。この家の者は皆、皆……」

「皆、何だって言うんだい？」

田原屋は癇性《かんしょう》なしかめ面《つら》を作る。どうやら他の誰よりも、妻の態度が引っかかると、
一層口調がきびしくなるらしかった。

「その涙の多かった縫い子。その娘はどうしました？」

「お梅は逃げ出したんですよ」

主人が頭を振る。突然いなくなったので、初めは皆いぶかしんでいたという。

「しばらくして長崎屋さんから、布団の幅に間違いがあったとお話が来たとき、あの娘がいなくなった訳を皆が納得したんで」

己のしくじりにおののいて、逃げたに違いないという話に落ち着いたのだ。

娘は奉公に来て日が浅い。一番の下働きでつらい上に、田原屋の例の癇癪の雷をことに怖がっていた。

(お梅はもうこれ以上、叱られるのには耐えられなかった。皆はそう思ったのだね)

「主人はきつい人だから……。あの娘ばかりじゃありません。この仕事場には、他の奉公人も時々泣きにきていたんです」

おかみが顔を背けながら洩《も》らす。田原屋は大店と言うには無理のある店だ。癇癪持ちの主人を抱えて、こっそり泣ける場所は限られていたのだろう。

「なるほど」若だんなが得心したようにうなずいた。

「やっと分かりましたよ。布団からの忍び音は、生き霊《りょう》の泣き声、というところか……」

そう言って、布団の端にそっと手をかける。土蔵の二階で、若だんなを囲んだ者たちが、目をみはった。

「生き霊……ですか？」

「そのお梅っていう子の声だけではないでしょう。あまりにたくさんの涙がこの部屋で流されたから、壁に響いて、つもって、重なって、布団に染《し》み込んでしまった……」

（まだ生きている者の声じゃぁね。妖《あやかし》達に分からなかったはずだよ）

向い蝶菱《ちようひし》柄の藍色《あいいろ》。ただの布切れと綿が、素性も知れないものに化けてしまったのだ。

（これで事はみんな見えたけれど……）

若だんなは目に、何やら悲しそうな表情を浮かべて話を続ける。

「お梅が青くなったのは、布団の幅の間違いじゃない。それなら夜なべしても縫い直す手立てがあったはずです。だが仕立てていた布団が女の声で泣くようになっては、お梅の力ではどうにも解決できない。逃げ出すしかなかったんでしょう」

まっさらな新品が、縫っている間にどうにもならない傷物に化けてしまった。事がばれて田原屋が怒る前に、お梅は一目散に姿を消したのだ。

「縫い子の娘が消えた。奉公人の行方と注文の品を気遣って、土蔵に来た者がいた。

布団の声に気がついてしまったのでしょう。それが、先の事件の始まりになった」

若だんなの顔は、土蔵の奥の方を向いている。

「は？　先のとは、通い番頭の？……」

一体なんの話を始めたのかと、田原屋が不安げな声を出した。若だんなは布団を見つめたまま、淡々と話を続けていく。

「ここに来た一人は通い番頭さんだ。そのせいで死んだんですからね。もう一人いたんですよ。お梅の身を心配した者。年若い奉公人を預かっているその人と喜平さんは、布団のことで言い合いになったんです」

「見てきたように言うじゃありませんか」

田原屋の声が、はっきりと固くなった。視線がおかみに向くのを止められないようでもあった。

「誰が布団の責任を取るのかという話になった。店を預かる通い番頭の喜平さんか？私だったら、田原屋さんのあの癇癪に向き合うくらいなら、ここいらで辞めたくなるかもしれない。凄かったからねぇ、あれは」

通い番頭ならば、それができる。奉公にも区切りがついていて、まとまったものも貰っているからだ。

「後をおかみに任せて辞めますと、喜平さんは娘の後に続こうとした。たまらないのはおかみさんだ。これほどの一件、一人でご主人の癇癪と立ち向かう勇気は出てこない」

「あんた、なんの証拠があってそんな事を言うんだい！　私はそこまできつい人間じゃない。絶対に違う」

ぴりぴりと尖《とが》った声が土蔵の二階の壁に刺さる。一太郎はかまわず話を続けた。

「おかみさんたちはここで言い合った。番頭さんがもうこれまでと、そこの階段を下りようとする。おかみさんが、待ってくれと襟首に手をかけたか。袖《そで》を引いたか」

聞いている田原屋の顔が蒼く染まってゆく。一太郎の細い指が黄昏時《たそがれどき》、二階からはすでに底の見えない階下の闇《やみ》を差した。

「日限《ひぎり》の親分は見つからないと頭を抱えていたが、頭を殴った道具なぞ、はなからなかったんですよ。通い番頭さんは階段から落ちて死んだ。土蔵の床に頭を打ちつけて」

「作り話だよ。勝手な事を言って！」

「階段の下にある古箪笥《だんす》の前辺りをごらんなさいな。ちょうどそこに血が染み込んでいる」

「番頭は客間の隣で死んでいたんですよ」

田原屋の声が、土蔵の中に堅く響く。

「遺体を見つけた奉公人らが動かしたんですよ。うっかり騒いで、怖い怖い主人に詰《きつ》問《もん》されてはかなわないと思ったのか」

「そんな……ばかな」

「引っ張り回された場所の中で、唯一《ゆいいつ》この土蔵だけが人を殺せる凶器となりえる場所だ。それでさっき血の跡を確かめてみたんです」

いくら一太郎の言葉を否定しても、通い番頭が死んだことは事実で、不安が突き上げてくるのを隠しきれない。田原屋が蒼い顔に癇癪を張りつけて、一歩二歩、階段の側にいるおかみの方ににじり寄った。

「お前が番頭を殺したのか？　お千絵……」

「ひぃっ……」

青筋立てた顔に問い詰められて、おかみが悲鳴をあげて飛び上がった。そのまま急な階段を転げるように降りようとする。

「待てっ。ちゃんと説明をしないかっ」

言葉よりも語気が鋭い。さらに急ぐおかみの襟元に、主人の手がかかる。

「あっ」

大して引っ張ったようにも見えなかった。なのにおかみの体は大きく傾くと、頭から階段の下、黒い闇の中に消えていく。転げ落ちたか、どん、どん、と大きな音がして、その後はただ、静まりかえった。

8

痛いというでもなければ、うめき声もない。

「……お千絵。お前、大丈夫か？」

不安になったのだろう、田原屋が階段の上がり端《はな》から声をかけるが、もうよく見えない一階からは返事がない。

「こんなに簡単に落ちるなんて……」

田原屋は声も足も震えて、止まらないようであった。

「番頭の喜平もこうやって死んだのか……」

どれほど重ねられた言葉より、自分が起こしてしまった事が真実を映して、重くのしかかるようであった。

「店の者も……お千絵だって、私の前に出ると、小さくなっていた。それは分かってましたよ」

田原屋は歯をくいしばる。その目は妻の姿を探しているのか、記憶の中を見ているのか、下の闇を見つめて、その黒一面よりも暗い。

「私は声が大きい。ご面相だってごついさね。でもどんなに怒鳴ったって、理不尽な事は言わなかったつもりなのに」

「皆、田原屋さんと同じ位強いとは限らない。ただ、怖かったんですよ」

若だんなの言葉に、唇をかみしめた田原屋が振り向く。

「この通町で店を潰《つぶ》さないように、私は精一杯がんばってきたんだ。優しいことばかりは言ってはおれなかった。きつい言葉は嫌いだ。そこそこ働いて、後は楽をしたいというのが、奉公人の本音かもしれないよ。でもそんな風でいて、田原屋そのものが立ち行かなくなったら、うちの者は皆困ったんじゃないのかい?」

目に涙はない。しかし、泣きべそをかいたがき大将のような顔つきであった。

「喜平さんが亡《な》くなったのは不幸でした。でも、おかみさんが階段で通い番頭さんの着物に手を伸ばしたかどうかなんて、金輪際他人に分かるもんじゃないですよ」

日限の親分に見極めは難しかろうと思う。通い番頭の件は事故だと言って次第を話せば、渋々でも親分は引っ込むはずだ。

（つまりおかみさんが今落ちた事だって、同じようにごまかせますよ）

若だんなは言外にそう言っている。その上で、田原屋がどう出るか、じっと見ていた。田原屋は頷《うなず》くと重い息をついていた。

「皆に迷惑をかけてしまったようだ。喜平の家族は暮らしが立つよう、うちが何とかします。その布団も、寺に供養《くよう》に出しましょう。そしてこの先は……私が責任を取らなくてはならないようだ」

階段の底、見えない妻に目を向ける。微《かす》かに手が震えているようであった。

（融通の利《き》かない、がちんごちんな人間だ。田原屋さんは他人にだけでなく、自分にも大いに厳しいんだね）

若だんなの口元に、少しばかりの笑みが浮かんだ。

松次郎はゆっくりと下っていった。

その姿が二階から消えるとすぐに、小さな姿が隅から現れて、軋《きし》んだ声をたてた。

「若だんな、おかみはちゃんと我らが下で受け止めましたよ」

「まだ一階の暗がりでぼーっとしていますが、なに、怪我《けが》一つしていません」

「ごくろうだったね。ああ大禿《おおかぶろ》、お前さんも、もういいよ」

一太郎が声をかけたのは件《くだん》の布団《ふとん》であった。すぐに菊模様の振りそでを着た童子の姿が現れて笑うと、暗くなってきた部屋の闇に消える。都合よく布団が泣いてくれるとも思えないので、若だんなが妖《あやかし》にその役を頼んでおいたものだった。

「どうしたんです？　随分と優しい感じで田原屋に言葉をかけておいででしたが」

佐助が後ろから声をかけてくる。

「まさか、あの主人が可哀想《かわいそう》になって、例のこと、止めろって言うんじゃないですよね」

「いや、かまわないよ。盛大に田原屋さんをからかっておやり」

それを聞いたとたん、鳴家たちが満面の笑みを浮かべて姿を消した。

「へえ……」手代が意外そうな顔をしたのに、若だんなが苦笑を向ける。

「あの旦那《だんな》は、我が我がと我《が》を張りすぎさね。一回情けないところを人に見せた方がいいのさ。他人にすがって助けを求める事を覚えた方が、自分も周りも楽になれることにおかみさんはそうだろうよ」

言ってから若だんなは、ぺろりと舌を出す。

「私のような若輩者にそうと言われれば、また大筒を放ったような雷を落としかねない。田原屋さんへの説教は、妖達に任せるよ」

「……なるほど、そういうことですか」

「でも間違っても、本当に危害を加えてはいけないよ。お祖母《ばあ》様は今、荼枳尼天《だきにてん》様にお仕え申し上げている身だ。私の為《ため》にお前達が悪行に走ったら、私は間違いなく人の世には居られなくなるからね」

「若だんなを荼枳尼天様の所にやってしまうようなことはしませんよ。ご安心なさって」

二人の会話が終わらないうちに、下から田原屋の主人の声とも思えない、裏がえった悲鳴が聞こえてきた。

「どうせやるなら、お前も楽しんでおくれ。田原屋さんに不満があったんだろう？」

「それじゃ、遠慮なく」

笑いながら佐助が腕を差し伸べると、その示す方にいくつもの人魂《ひとだま》のような明かりが集まってくる。それをひょいと階下の闇に投げ込むと、ひときわ高い男の声が上がった。

「あれま、鳴家《やなり》たち、脅かしようも手慣れているじゃぁないか」

二人が階段を下っていくと、体中、小鬼に取っつかれた田原屋が腕を振り回し、わめいている。先に妖達に寝間に踏み込まれ、とんでもない目に遭った経験のある若だんなは、しばらくは笑いたいのを我慢していた。

見えない姿で鳴家は顔に張りつく。耳にかみつく。その前を人魂が横切り、ふらり火が頭の上から降ってくる。めちゃくちゃに動きまわる田原屋が蔵から飛び出ようとすると、闇の中から錦の振りそでの手が伸びて、主人の足を摑《つか》んでひっくり返した。

「たっ、助けてくれーっ」

わめき声と共に、松次郎が戸から転がり出る。人には姿の見えない鳴家を振り払おうとする格好は、まるで死に物狂いで盆踊りを踊っているようだ。

蔵の前、土間に揃《そろ》っていた奉公人たちは、しばし言葉もなく、半狂乱の主人の様子に見入っていた。

そこに、蔵から人魂が飛んでくる。木から黒い影が降りてきて、あっと言う間に主人を地面に押したおす。調子に乗った妖達は、蔵の外に出たというのに、もうお構いなしで、田原屋の助けを呼ぶ声は、悲鳴と交互になって辺りに響き渡った。

涙と鼻水とが田原屋の顔を、叱《しか》られたひょっとこのように見せている。

そこに、笑い声が一つこぼれた。

すぐに二つ、三つと重なったのは奉公人たちの立てた声で、普段は厳格な松次郎の滑稽《こっけい》な様子に、耐えられなくなったらしい。押し殺したような笑いの輪は、すぐ広がって止められなくなってゆく。

「これはすごい。皆の目にも、人魂や妖の影が見えていましょうに、誰も逃げ出さない」

佐助の驚いた声に、一太郎が笑いを浮かべて振り返る。

「長年主人をそれは恐れていたようだからね。田原屋さんより怖いものなんてないんだろうさ」

面白くなってきたのか、妖達は松次郎に大仰な踊りの振りをつける。奉公人から一段と明るい声が上がった。見れば蔵の入口にお千絵がしゃがみ込んでいて、これも半泣きの顔に、わずかな笑みを浮かべている。

「おかみさん、顔を逸《そ》らさずに田原屋さんの方を見ているようじゃないか」

「あのざまですからね。少なくとも今は怖いとは思えないのでしょうよ」

「田原屋さんの癇癪《かんしゃく》、少しは減るかしら」

「さあて、本人がそうしたいと望んでも、性格の問題ですからね。上手《うま》く減らせるかどうか。若だんなに迷惑をかけることさえなけりゃぁ、あたしはどうでもかまいませんが」

手代ほどきっぱりと突き放す気にはなれなくとも、この先は若だんなに何が出来るとも思えない。日限の親分に頭を下げ、通い番頭の残された家族に金を積めば、今回の一件は収まりがつくだろう。だが主人とおかみ、奉公人達との関係の方は、これから先の話だった。

「わああっ」

一際《ひときわ》大きな声に目を向けると、鳴家が田原屋の顔を引っ張って、百面相をさせているのが見えた。情けない顔。見慣れた怒った顔。どれも一段と強調され、滑稽なことこの上ない。

その様子に奉公人らと一緒に思わず笑うと、続けて一つ二つ咳《せ》き込んでしまった。

それを見た佐助が盛大にしかめ面《つら》を作る。

「これは大事《おおごと》だ。少しばかり調子がいいと出歩くから、また寝込むことになるんですよ」

「まだ熱が出ると決まった訳じゃぁないよ」

むきになって言い返せば、さらに咳《せき》が口からこぼれ出る。

佐助が怖い顔を浮かべ、「源信先生を呼びましょう」そう宣言する。すぐに若だんなをひょいと、小わきに抱え込んだ。

「こら、何するんだい！　歩けるよ。これじゃぁみっともないだろう」

「なに、もう暮れております。長崎屋までは近いもの」

不満の声なぞ聞くものではない。もう田原屋の一件は終わったとばかり、手代はさっさと若だんなを連れて、繰綿問屋を後にしたのだった。

仁吉の思い人

1

「なんだか茶碗《ちゃわん》蒸しの具にでもなった気分だよ」

若だんながそうぼやき続けた、江戸の夏の猛暑がやんで一月ばかり。日本橋の大店《おおだな》、廻船《かいせん》問屋兼薬種《やくしゅ》問屋、長崎屋の跡取り一太郎は、離れの自室に夏ばてで寝込んでいた。いつもながらの虚弱ゆえに、若だんなのばてようは半端《はんぱ》ではない。

「この調子じゃあ私もいよいよ、あの世に行くのかね」

今までは寝込んでも、薬湯ならば何とか喉《のど》を通ったものが、この度はそれすらむせ込んで飲み込めない。湯冷ましと見まごうほど薄い重湯を、胃の腑《ふ》に流し込むばかりでは弱る一方だ。一人息子のその様子に、主人夫婦は顔色を青くして神仏に祈っている。

若だんなの兄《にい》や、妖《あやかし》である二人の手代《てだい》は、何とか薬を飲み込ませようと、寝間で毎日苦闘し続けていた。離れに集まってくる人ならぬ者たちも、最近は心配の色を濃くしている。こちらの連中は元々が人とは違う顔色だから、青みが増すと藍《あい》の二度染のようだ。

一太郎がまだ五つのとき、祖父伊三郎《いさぶろう》が二人の妖の兄や、佐助と仁吉《にきち》を長崎屋に連れてきた。とても暑い夏の盛りのことだった。一太郎はあの時も寝込んでいて、今と同じように棺桶《かんおけ》に半分足を突っ込んでいた。

後になって大妖《たいよう》である祖母ぎんが、病弱な孫を心配して、妖の守りを寄越してくれたと知った。当時は五つほどしか齢《よわい》の違わない子供が二人現れたのでただ嬉《うれ》しかった。病がちの一太郎には友達が少なかったのだ。人に化けている妖達の歳《とし》が、見た目通りではないことなど、思いもよらなかった。

小僧として長崎屋で働くことになった二人はその日より、若だんなの側《そば》を離れずにいる。それ以来、長崎屋の中、特に若だんなの寝間のある離れには、常に怪《あや》しの者らが多く現れるようになっていた。

「若だんな、これは見越《みこし》の入道様からいただいた霊薬《れいやく》なんですよ。めったに手に入らないものです。飲んでみてくださいまし」

佐助が若だんなに丸薬を見せようと、夜着の脇《わき》に並んでいた恐ろしい顔の小妖《こよう》、鳴家《やなり》たちをぞんざいに払いのけた。兄や兼手代たちは若だんなを日々、蜜と上白糖をかけた羊羹《ようかん》のように甘やかしている。佐助の本性は犬神《いぬがみ》という大妖だった。

霊薬は酸漿《ほおずき》の実よりも二回りも大きく、瘦《や》せてしまった若だんなの口が開かない。

「これならどうです、若だんな。天狗《てんぐ》が姥山《うばやま》の狢《むじな》に与えたのを、特別に分けてもらった水薬です。飲めばきっと良くなりますよ」

何時《いつ》調達したのか、もう一人の手代仁吉が差し出したのは、湯飲みに入った飲み薬だ。

仁吉は霊力の高い白沢《はくたく》という大妖だ。だがそのせいか、町暮らしも長いというのに、相方の手代同様どうにも感覚が人とずれる。

今回も当人は最高のものを差しだしたつもりなのだが、薬は顔を近づけただけで目に染《し》み、涙がこぼれ出る代物《しろもの》だった。これでは具合の悪い若だんなの喉を、通るはずもない。

そっぽを向かれて手代二人の顔にあせりが覗《のぞ》く。今度は褒美《ほうび》で気を引く手が出てきた。

「若だんな、薬を飲んで下さいな。治ったら芝居に行けるよう手配しますよ。市川団十郎が新作をやりますよ」

「良くなったら、染井《そめい》に菊の花を見に行きませんか？　そりゃぁ綺麗《きれい》ですよ」

普段外出《そとで》は疲れると手代たちはいい顔をしないのに、今日は遊べという言葉の大盤振る舞いだ。側で転がっている鳴家たちは、聞きなれぬ話に目をくるりくるりと回している。

ところがこれだけ言っても若だんなは、頑として口を開けなかった。

「駄目ですか。並みのことでは気力が出てこないという訳ですね」

佐助が達磨《だるま》火鉢の脇で、妙にぴしりと姿勢を立て直した。そしておもむろに寝ている若だんなを覗き込むと、こう切り出した。

「この丸薬とそっちの水薬両方飲めたら、あたしが取って置きの話をしてさしあげましょう。なに、仁吉の失恋話ですがね」

「おい、佐助！」

驚いた仁吉が気色《けしき》ばんで止める声より早く、若だんなの顔が佐助の方を向いた。頰《ほお》が微《かす》かに赤くなっている。久しぶりに出す少々割れた声が、離れの十畳の寝間に流れる。

「本当に……そんなことがあったの？」

声に戸惑いがある。眉目端正《びもく》な仁吉の袂《たもと》には、切ないような思いの丈《たけ》を込めた付文《つけぶみ》が、途切れず入っているのを知っているからだ。

「あたしは若だんなに嘘《うそ》は言いませんよ」

佐助が面白そうな表情を浮かべて請け合う。仁吉の口元から物騒な牙《きば》が見えた気がした。若だんなは腹をくって何とか起き上がる。

「それならどうでも薬を飲み込んでみるよ」

二度飲む元気はなく、黒い汁の中に丸薬を落とすことにした。それを一息で口にする。

「うええっ」

蛙《かえる》の断末魔のような声が部屋を渡ったものの、薬は無事喉を下って吐き出される様子もない。そうと分かると、相方の喉笛を睨《にら》みつけていた仁吉の顔が、少しばかり和らいだ。

涙目の若だんなが早々に、さあ話しておくれとばかりに佐助の着物の裾《すそ》を引く。その興味津々《しんしん》の様子には、仁吉も苦笑を浮かべた。

「佐助に勝手に語られたんじゃぁ、気恥ずかしくていけない。自分で白状しますよ」

「本当にお前さんが振られたの？」

若だんなには、そこの所が理解出来ない。だからどうしても聞きたかったのだ。

(誰に袖《そで》にされたのかな。これだけもてる仁吉を振るだなんて、どんな女なんだろう)

「始まりは……そう、千年も前のことでしょうかね」

仁吉は湯飲みを手に取ると、おもむろに話し始める。若だんなは目の前の手代の年齢を、自分が分かっていなかったことを思い知らされた。

2

仁吉の好きな相手は、やはり妖だという。平安の御世《みよ》、故あって人に混じり禁中で女房として暮らしていたその人は、当時吉野《よしの》どのと呼ばれていた。

「ご存じでしょうが妖は恐ろしく長命です」

人の世にいる内は、時々名を変え住む場所を移らないと、人でないことがばれてしまう。

「あたしも色々と名は変えてきましたが……話の中では今の名で通しましょう。こんぐらがるといけませんからね」

そう断ると、仁吉は話を先に進めた。

「その人は菖蒲襲《あやめがさね》の似合う大変綺麗な方で、ひょっこの妖だったあたしは、その十二単《じゅうにひとえ》姿にただ憧《あこが》れていました。思いを口には出しませんでしたよ。何しろ吉野どのが人のふりをしてまで夫婦《めおと》になりたいと思った相手が、すぐ側《そば》にいましたからね」

初恋の妖を振り向かせていたのは、宮廷に仕えている一人の公達《きんだち》だった。大して位も高くない若い貴族の一人。

「優しいだけの男に見えましたがね」

二人は既に思い思われの仲だったが、それ故《ゆえ》に却《かえ》って仁吉は恋の行方《ゆくえ》を心配していた。

（吉野どのは妖だ。正体が知れたら、男がどう出るか分かったものではない）

吉野を恐れるかもしれない。忌《い》み嫌うやも。それで吉野が怒って男を取り殺すなら何の問題もないが、真剣な様子だけに一人傷ついてしまったらたまらない。

（そんなことになったら、あたしが代わりにあやつを一寸刻みにしてくれよう）

だが男は大して気骨があるようにも見えなかったのに、吉野の真の姿を知ってもなお、気持ちを揺るがすことはなかった。

「それでしかたなく、あたしはただ吉野どのを守っていました。男は銀の鈴を吉野どのに贈り、二人はその音を合図に、雅《みやび》な殿中で逢瀬《おうせ》を重ねていた。ただ、人というのは弱いものです。男はまだ三十路《みそじ》にも届かない内に、病を得て身まかってしまった」

相手は人なのだからこれで終わったのだ。周りにいた妖たちは口々にそう言ったが、吉野は諦《あきら》めなかった。

「私の〝鈴君〟。あの人は絶対にまたこの世に生を受けて、この胸に戻ってくる！」

そう言い張ると、人の世に留まったのだ。

「馬鹿《ばか》なことだと思いました。生まれ変わったとて、人は人。また直《す》ぐに死んでしまう。いや、その前に、吉野どののことを覚えている筈《はず》もなかった」

人は何もかも忘れてから、再びこの世に来るのだ。吉野の思いは、むなしい願いとしか見えなかった。

ところが、だ。

三百年もの年月の後、巡り合った二人には互いが分かったのだ。平安も末の世、鈴君は武家の姿で伊勢に暮らしていた。この出会いでも吉野は男から鈴を貰《もら》った。

（まさか！）

仁吉の思いをよそに、二人は再び男が死ぬまで添い遂げた。領地をめぐる武士同士の小競《こぜ》り合いに巻き込まれたせいで、共にいた日々は五年程しか続かなかったが。

また吉野は一人になり、待った。

それから更に二百五十年後、南北朝時代と後に呼ばれた頃、大坂で三度目の出会いの奇跡があった。その頃吉野は紅花で染めた小袖姿でいることが多く、笑いながら話す姿がかわいらしかったと、仁吉は優しい目をして言う。

「分かったでしょう、白沢。鈴君は必ず戻って来てくださるの」

だがこの出会いで鈴君が生きていたのは、前回よりも更に短く、僅《わず》かに二年。火事で命を落とすこととなったのだ。焼け跡の中で、見分けがつかぬほど酷《ひど》く焼けただれた男を見つけ出し、寺に運んだのは吉野だった。

「もう……人間の男を待つのは止《や》めませんか。人は早死にするものです。傷心で吉野どのがまいってしまう」

仁吉の言葉に、しかし吉野は首を振る。

「大丈夫、本当に大丈夫。私は平気よ。もう取り乱したりしない。また必ず会えるもの」

筵《むしろ》がけの遺体の側にしゃがみ込んだ吉野は、しかし仁吉の方に顔を向けはしなかった。

（つらい本心を半分隠したままだ）

もう一度待てるという気持ちにも偽りはなく、それでも多分百年や二百年は、鈴君には会えぬと分かっている。だがもしかしたら早くに巡り合えるかも知れぬと思うから、吉野は人の世に留まり続ける。

「ところがその後、二百五十年経《た》っても三百年経っても、鈴君は現れなかったんです」

時は移り、徳川の世になった。

「事が起こったのは、今から百年ほど前になりますかね」

その頃お吉と名乗っていた吉野は、何かに惹《ひ》かれるように江戸に下り、仁吉たち妖《あやかし》に手伝ってもらって、小間物屋を営んでいた。

平和が続く中、町は千年前とは比べ物にならない程、人で溢《あふ》れかえっていた。お吉は鈴君が生まれても、これでは出会えないのではないかと、不安を募らせていたという。

「そんな折、お吉お嬢さんは、一人の男と知りあったんです」

「鈴君とまた、巡り合えたの？」

床の中から期待を込めて、若だんなが聞いてくる。その問いに、達磨火鉢の横にいた仁吉は、何とも言い難い笑みを浮かべた。

「そいつがね、お嬢さんにもその男が鈴君だかどうだか、分からなかったんですよ」

3

「お嬢さんが不忍池《しのばずのいけ》の縁《ふち》で、人攫《ひとさら》いに襲われている？」

妖の一人である青坊主《ぼうず》の来報に、仁吉が片眉《かたまゆ》を吊《つ》り上げる。

店に知らせが飛び込んできたのは、とうに日も暮れた五つ時。お吉の姿が部屋に見えないので、仁吉が夜目の利《き》く猫又に、近所を見てこさせようとしていたときだった。

「お嬢さん、また社《やしろ》に出かけていたのか」

江戸は不忍池の近くで店を営むようになってから、お吉はこまめに近所の稲荷《いなり》にお参りに行くようになっていた。お賽銭《さいせん》を入れた後、必ず本殿前に下げられた鈴を鳴らし、再びの鈴君との逢瀬《おうせ》を願っているのだ。

小間物屋吉野屋から稲荷までは、ほんの一跨《また》ぎの距離だ。おまけにお吉は力の強い妖だったから、気が向くと暗くなってからでも、女の身一つで参拝に行ってしまう。

だがそれは剣呑《けんのん》だから止めて欲しいと、番頭になった仁吉はお吉に釘《くぎ》を刺していた。

「大丈夫よ。人になぞ襲われたって、やられる私じゃないもの」

「だから心配なんですよ。夜盗や人殺しが不忍池に叩《たた》き込まれたところで、構やぁしませんがね。しかしか弱いお店《たな》のお嬢さんが、大の男を三枚卸《おろし》にしちゃぁ不味《まず》い。噂《うわさ》になったら住むに困るでしょうに」

「なるほど、それは気をつけなくっちゃね。不便だわねぇ」

あの時口では殊勝なことを言ったものの、小言はお吉の右の耳から左へ、勢いをつけて抜けていたらしい。

「いつもこうだ！　お嬢さんときたら」

明月の下、急いで店のくぐり戸を出て稲荷神社に向かう。仁吉は形の良い口元をゆがめていた。お吉と出会って人の世で暮らし、既に千年近くになる。千年間、片恋のままでいる。いいかげん己自身にあきれていた。

(いくら思っても、お嬢さんの顔がこっちを向く筈はないものを)

思い思われになるどころか、気持ちを伝える事すら出来ていない。この先も当てがない。

(分かっているのに思い切れない所は、あたしもお吉お嬢さんと変わらないな)

仁吉が漏らした小さなため息は、稲荷神社に着く頃には、行き方知れずになっていた。

小さな境内《けいだい》は大して広くもなかった。黒い木々の間に、社がぽっかりとその姿を現している。月明かりばかりで他に光はないが、存外明るかった。

拝殿前に顔を向けるとお吉の他に、殴り合っている男たちが三人、目に入った。

（二人で一人を相手にしているのか……でもそれで良い勝負になっているる感じかね）

仁吉は足を速める。血の臭《にお》いがしたが幸いお吉は無事で、今のところ大人しげな様子だ。喧嘩《けんか》中のどちら側が人攫いかは分からないが、今のうちに事を収めなくてはならない。

そのとき、不意に仁吉の足が止まった。

（鈴の音がする？）

思わず賽銭箱の上にある鈴を見た。夜の中、大きな鈴は風にすら揺れていなかった。

（いや、これはもっと儚《はかな》い音色だ。小さな鈴の出す音色）

昔聞いたことがある音と似ている気がして、仁吉は月光の中で束《つか》の間《ま》立ちすくむ。

顔が引きつった。胸苦しい思いにもかられる。

（もしかして、またあの男が、〝鈴君〟が現れたんだろうか）

急いで喧嘩中の三人に目をやったが、鈴君は生まれ変わって来るたびに、顔も名前も変わるのだから、仁吉には見分けがつかない。

だがいつもどうやってか、お吉と鈴君は違《たが》うことなくお互いを見つけ出すのだ。

「お嬢さん」

拝殿前に声をかける。お吉はその声に振り返りもせずに、喧嘩をする男らを何やら不安げな表情を浮かべて黙って見ている。

そのとき。

「おや、お前さんたち、こんな刻限にお参りかい？」

とっぷり暮れて黒一色の背後の木陰から、拝殿前の面々に声がかかった。

「信心深くて結構だが、参拝の前にちょいと尋ねたい事がある。話を聞かせてもらうよ」

月の下に姿を現したのは、下谷《したや》広小路そばに住む、三橋《みはし》の親分と言われる十手持ちだった。手下を従えた岡っ引きは、三十路《みそじ》も半ばという年頃で、今日は油虫を踏んづけたような顔つきをしている。

「ちょいと前にこの近くで、子供がかどわかされそうになってね。止めた近所の男が殺された。下手人《げしゅにん》は逃げたままだ。あんた吉野屋のお吉さんだね。怪しい奴《やつ》を見なかったかい」

「怪しいって言うなら……」

お吉の視線が親分から、喧嘩をしている三人に戻る。すると喧嘩相手の一人を残したまま、二人組の方の姿は、月明かりの陰の中に消えていた。

「驚いた、もう逃げてしまったのかしらね」

呆《あき》れ顔のお吉の後に、一人残った方の男の声が続いた。

「あいつら、お参りをしていたこのお嬢さんを、かどわかす気だったに違いねえ。危ないですよ、夜、女が一人歩きするのは」

男は二十歳をいくつか出た歳《とし》だろうか。精悍《せいかん》な顔だちで、太い子持ち縞《じま》の着物の前を直すと、誰より先にお吉に笑いかけた。それにかまわず、岡っ引きは話を継ぐ。

「けっ、人攫いの二人組か。そいつらがどっちに消えたか分かりますか、吉野屋さん」

「あの、多分お寺の方へ」

神社脇《わき》の小道を指差されて、岡っ引きは鼻に皺《しわ》を寄せた。不忍池の周りには、東叡《とうえい》山《ざん》寛永寺を始め、数多《あまた》の寺が立ち並んでいて、寺内には町方の支配が及ばない。十手持ちが踏み込める場所ではないのだ。

それでも岡っ引きは急いで二人組の後を追い境内から消えた。残された三人の内、まず仁吉が口をきった。

「吉野屋の番頭でございます。うちのお嬢さんを助けていただきまして、まことにありがとうございました」

慇懃《いんぎん》な礼をする。

「いや、こりゃぁご丁寧に。たまたま通りかかったもんでね」

男が照れた様子で二人を振り向いたとき、微《かす》かな音色がした。妖の耳でなければ、拾い損ねた筈の小さな音。お吉の目が、男の懐《ふところ》辺りに引き寄せられている。

「わっちは寒紅《かんべに》売りの弥七《やしち》という者で、この先の門前町、銀平長屋に住まってましてね。商売の帰りに、ちょいとお稲荷様を拝んでいこうとここへ寄ったら、お嬢さんの後をつける奴を見かけまして」

誰何《すいか》したら、返事より先に拳《こぶし》が降って来たという。

「まあ、何事もなくてようござんした」

側《そば》の石の上に置いてあった商売物らしい風呂敷《ふろしき》包みを背負うと、男は頭を下げて帰ろうとする。そこにお吉が震える声をかけた。

「あなたなの？　そうなんでしょう？」

ゆっくりと男が振り向く。お吉が見つめた先のその顔には、何やらいぶかしげな様子が浮かんでいた。

「あなた？」

「……違うの？」

「済みません、お嬢さんは随分と前に消息の知れなくなった方を、探していましてね」

仁吉が慌《あわ》てて二人の中に割って入った。弥七が鈴君本人でなければ、あなたと親しげに呼ばれても、訳が分かるまいからだ。

「お嬢さんの歳で、ずっと探しておいでの人？　だとすると、幼馴染《おさななじ》みか何かですかい。子供の頃に別れていては、そりゃぁ顔が分からなくても無理はないが」

弥七は一人で話を組み上げて納得している。どうやら早合点と分かり、お吉は顔を酷く曇らせた。それを見た弥七が、優しい気遣わしげな顔を向けてくる。

「何だか気を入れて探しておいでのようで。これもご縁だ、紅を売り歩く先で、お探しの人のことを聞いて歩いてもいいですよ。商売柄こう見えてもわっちは顔が広いんで」

「本当ですか？」

会ったばかりの男の申し出に、花が咲いたような笑みを見せる。お吉は弥七に、どうにも引き寄せられている様子だった。

「近いですし時々分かったことを、吉野屋さんに知らせにまいりましょう」ちょいと小粋《こいき》な笑いを口に浮かべると、弥七は「それじゃぁ失礼を」といって、あっさりと帰ってゆく。遠ざかる後姿を、お吉は目が張り付いてしまったかのように、見入ったままだった。

4

「お嬢さんはまだ、あの弥七という男が鈴君かもしれないと、思っておいでなんで？　違いますよ。今まで出会えば互いに一目で、はっきりと相手を見分けていたじゃないですか」

吉野屋に戻った翌日の昼、奥座敷の六畳で頼りの番頭仁吉にそう言われて、お吉は目の前の畳の縁を睨《にら》んでいた。

鈴君は生まれ変わるたび、その見目形を変える。見分ける頼りは記憶と己らの勘だけだ。確かに今回お吉にはそれが働かない。

(偽者《にせもの》に決まっているさ)

仁吉はそれ以上言葉を続けず、小さな藍色《あいいろ》の袱紗《ふくさ》に金子《きんす》を包んでいる。今話題の弥七に対する礼金だった。仮にも店の女主人の身を助けてもらったのだから、それなりの礼はしておかなくてはならない。近所に住んでいるのであれば、益々《ますます》気を遣う所であった。

そのとき店表から、店番を頼んでいた大禿《おおかぶろ》という妖が奥に飛んできた。

「弥七さんという若い男が、お嬢さんを尋ねて来ています」

それを聞くとお吉は、仁吉より先に表に出て行ってしまう。弥七は店先の板間の端に座って、売り物の櫛《くし》などを眺めていた。

「やあ、お吉お嬢さん。吉野屋はいい品物を揃《そろ》えているんですね。こりゃぁ馬爪《ばず》じゃぁない。本物の鼈甲《べっこう》だ」

あめ色の中に綺麗《きれい》に斑《ふ》の入った櫛を、弥七はうっとりとした目で眺めていた。仕事で岡場所や芸子置屋などにも紅を売って歩くが、どこでも女の集まる場所で出る話題は同じで、飾り物にはついつい、目が行くという。

「本当に昨夜《ゆうべ》はありがとうございました」

改めて店先の板間に指をついて礼を言うお吉を、弥七は慌てて手で止めた。

「止《や》めておくんなさい。わっちはただ鈴君について、もう少し聞いておこうと思って来ただけで。住んでいたところとかね」

呼び名だけでは人に聞きづらいからと言うと、後ろから仁吉の言葉が割って入った。

「親や長屋が分かっていれば、誰ぞに頼んでも、とうに調べをつけております」

どうもお吉が気にする弥七のことが気に入らず、仁吉の物言いはきつくなりがちだ。

「そういやぁ、そうか」

その言いようを、明るく笑った弥七にさらりとかわされると、仁吉は何となく余計に気分が悪く思えてくる。

「弥七さん、これは昨日のお礼に吉野屋から。些少《さしょう》ですが」

向き合うお吉と弥七の真横に陣取って、仁吉は懐から袱紗に包んだ金子を差し出した。弥七が金にどう反応するか、目の端で窺《うかが》う。

弥七は金を見ると、子供のように素直に喜んだ。

「いいんですかい？　一回助けていくらと、断ってから喧嘩をした訳じゃなかったが」

それでもこれがあれば、京のいい紅を仕入れられると、あっさりと礼を言って懐に入れる。あれこれ相手の反応を確かめている自分の方が、妙にこすからいように思えて、これまた面白くない。程なく弥七が帰った時は、いつになく仁吉はほっとしたのだった。

ところが、その日から弥七がこまめに吉野屋を訪ねて来るようになったものだから、仁吉はどうにも毎日が落ち着かなくなった。

(何でこんなに、あの男が煙ったいんだろう)

もちろん弥七がお吉を憎からず思っている様子は、今や手に取るように明らかで、それは仁吉には嬉《うれ》しいことではない。しかしお吉は咲いたばかりの菊の花よりも美しく、岡惚《おかぼ》れしている輩《やから》なら堀を埋めるほどもいる。

(何故《なぜ》ただの人であるあの男が、あたしをこんなに不安にさせるんだ?)

弥七は鈴君ではない。いや、もしかしたらそうなのだろうか。大体何故今回に限り、お吉にはっきりと見分けがつかないのか、不思議なことであった。

(変だね……)

客のいないことを確かめると、仁吉は指を少しばかり動かして鳴家《やなり》を呼んだ。仁吉の話を大人しく聞いていた小妖《こよう》は、程なく心得顔になって、小間物屋から消えていった。

「仁吉、分かったわ。あの弥七さんが〝鈴君〟だったのよ！」

いけ好かない男が吉野屋に現れてから一月ほど後のこと、お吉が息をきらせて店先に出てきて、帳場にいる仁吉の横に座り込んだ。

「おや、弥七が突然前世を思い出したとでも、言いましたか？」

とんとあの男のことを信用していない仁吉は、算盤《そろばん》を片手に帳簿をつける手を休めず、そっけない。お吉はその番頭の様子にも構わず、話を続けた。

「弥七さんはね、十年ほど前に火事に巻き込まれて、大怪我《けが》をしたんですって。それ以来小さい頃のことが、思い出せないそうなの」

「それで？」

「だから、そのせいで昔の事が……私との思い出も、浮かんでこないのよ。きっとそうだと思わない？」

「都合のいい話ですね」

何とも嬉しそうなお吉の方に、仁吉は冷たい切れ長の目を向ける。

5

「そりゃぁ、江戸は火事が多い。弥七さんが火に巻かれたのも、忘れ病にかかったのすら本当かもしれません。ですがね、だからといっていきなり、弥七さんが鈴君だというのは、考えが飛んでますよ」

冷静に意見されて、お吉は笑顔を引っ込めてしまった。その顔を、ちらりと仁吉の嫌味な視線がかすめる。

「鈴君のことを聞いて回ると言ったのに、あの男、これといった話は拾えないようですね」

それでも弥七は最近、毎日のようにお吉に会いに来る。ただ話をするのが楽しい様子で、お吉もそれを心待ちにしているようだ。

「弥七の方が好ましくなったのなら、何も無理やり鈴君を待たなくともいいんですよ。死に別れたんだ。何百年も会える日を待っていろとは、あのお方も言いますまいて」

「仁吉はいつでもしっかりしている。頼りになるよ。でも最近は憎たらしいばっかりだ」

そう言うと、お吉は泣き顔で奥に引っ込んでしまった。仁吉の目がそれを追う。

(弥七は待ち遠しい。あたしは恨めしい、か)

算盤の玉を弾《はじ》く指が止まってしまう。しかたなく帳簿を閉じた。ため息が出る。

こぼれた息と共に、長く心の底の底に封印してきた思いが止められずに、ゆるゆると浮かび上がってきた。向き合いたくなくて、無理矢理また心の底に沈める。しかしそれも長くは持ちそうもない。そろそろ限界だった。

(あたしは長く、お嬢さんの側に居過ぎたのかもしれない)

親子でも恋人でもなく、自分はお吉にとって一体何なのだろう。いつも側にいて、ただどこまでも一緒に過ごしてきた相手。もしかしたら腕の一本、欠けてはならない算盤の玉の一個のようなものかもしれないと思う。

無ければ日々を過ごすに不自由だが、心の行き場ではないのだ……。

(あの人が鈴君を見分けることが出来なくなったように、あたしにも変わるべき時が来たのかもしれない)

気がつけば出会って千年近くの時が過ぎていた。今までは年月など気にした事はなかった。だが……。

(千年……)

妖にとってさえ短い歳月ではない。ただ恋しいという気持ちだけで、千年。

震えるように息を吐いた。

(あたしもいい加減馬鹿《ばか》だよね)

何となく、口元に笑いさえ浮かんできた。

（今度の弥七の問題だけは、きっちりと片をつけよう。その後は……）

その時が来てしまったら、自分はどうするのだろうか。仁吉は薄く下唇を噛《か》んでいた。

次の日も夕刻前に弥七は吉野屋の店先に顔を出した。最近は弥七の顔を見ても、仁吉は目礼をするくらいで、話をするでもない。

「お吉さん、今日は土産があるんだが、受け取ってもらえるかい？」

店先の板間に腰掛け、奥から出てきたお吉に優しげな笑顔を向けた弥七が、懐《ふところ》に手を入れる。お吉の顔が、ぱっと明るくなった。

「もしかして……」

お吉が何を期待しているのか、帳場にいる仁吉には手に取るように分かった。

（鈴を貰《もら》えるかもと思っていなさるね）

鈴君が生まれ変わるたび、必ずお吉に渡していたもの。二人を繋《つな》いでいる思い出の品だ。

弥七のことを人違いと仁吉に言われて、お吉は心が揺れている。弥七に記憶が無くとも、また鈴を贈ってくれればお吉は希望を繋げる。弥七が思い人だと思いたいのだ。そのときかすかに、弥七の懐から鈴の音がした。お吉も仁吉も、顔色を変えて弥七の手の先を見つめる。二人の目が集まったことが分かったのか、弥七は得意げに小さな贈り物を、手のひらに載せて差し出した。

「京から仕入れた取って置きの紅だ。玉屋の品だとて、こうは綺麗な色合いじゃぁないぜ」

差し出されたのは、紅猪口《べにちょく》に塗りつけられた紅だった。紅は、紅一匁金一匁《もんめ》と言うほど高直《こうじき》なもので、普通の女なら満面の笑みを浮かべること請け合いの代物《しろもの》だ。

だが、お吉は顔を固くしていた。

ちらりと鋭い視線が仁吉の方に走る。番頭は帳簿に向かったまま、二人の方には目もくれない様子だった。

「お吉さん？」

どうしたのかと弥七が聞くと、慌《あわ》てて紅を手に取る。丁寧に礼を言ったものの、お吉は程なく頭が痛いからと言い出して、店の奥へ引っ込んでしまった。

気を入れた贈り物が、どうやら役に立たなかったと見て、弥七は足を組むとぐっと顔を険しくした。その不機嫌をそのまま、奥の帳場にいる仁吉の方へ向けてくる。

「番頭さん、顔色一つ変えずにいるが、心の内じゃぁ、いい気味だと思ってるんだろうね」

「いきなり何を言い出すんだい」

絡《から》まれて仁吉は、はっきりと嫌な顔を表に出した。このいけすかない男の愚痴に、付き合ってやる気になぞ、なろうはずもない。

だが弥七の言葉は止《や》まない。上目遣いの挑むような表情を浮かべ、仁吉を睨《にら》んでくる。

「色男さんはお嬢さんが好きなのさ。そうなんでしょう? 分かってるんでさぁ。なのにわっちが横から現れて、大事のお嬢さんと仲良くしているから、気に食わないんだろう」

まるで今、お吉が紅を見て笑わなかった理由が、仁吉にあるとでも言わんばかりだ。

「くだらない。お嬢さんの頭痛の訳まで、あたしは責任もてないよ。もう用が終わったのなら、帰ったらいい」

恋敵《こいがたき》がいる毎日なぞ、はるか昔からのことだ。お吉ががっかりした真の訳を語るつもりなら、千年の時を遡《さかのぼ》らなければならなかった。そんな時間は、人の一生とは無縁のものに違いなく、話すことでもない。仁吉は男と対峙《たいじ》するのに随分とうんざりしていた。

「わっちのことを、たかが物売りだと馬鹿にしていなさるね。えっ？　そうだろうが」

弥七は黙らない。腰も上げない。まだ暫《しばら》くは言い募る構えなのを見て、仁吉は帳場から立ち上がった。真《ま》っ直《す》ぐに弥七の前まで行き膝《ひざ》をつくと、正面から向き合って低く言った。

「帰んな。商売の邪魔だ」

何ということもない言葉だった。だが、低く鋭く響いて、弥七を板間から引き剝《は》がす。

千年生きた妖に、生まれて二十年そこそこの若造が口で敵《かな》う筈《はず》もない。しかしそんなことと思うはずもない弥七は、逃げ腰で店の外に出たまま、一段と嚙み付きそうな顔をしている。堅気の衆とも見えない様子だった。

「このままじゃぁ、済まさないからな」

捨て台詞《ぜりふ》はいたって平凡で、そんなものは何百回、何千回聞いてきたか知れはしない。仁吉は直ぐに脅しの言葉なぞ忘れてしまったが、言った本人は、当然の事ながらしつこくも覚えていた。

6

「弥七さんが夫婦《めおと》になろうって言うんだよ」

数日後の朝方、稲荷《いなり》神社へのお参りから帰ってきたお吉にいきなりこう切り出されて、仁吉は仕事の手を止めた。

「そりゃぁ突然な話で。神社で会ったんですね。それで承知なすったんですか？」

「するわけがないだろう。一緒に末永く店を盛りたてていこうって言われたってさ」

お吉はため息交じりで言う。

妖は長命ゆえに、ひとつ所に長く住みつくことは少ない。化けているのだから、外見ならば歳《とし》を取らせていく事も出来るが、百や二百で死にはしないのだから都合が悪い。

本物の鈴君はお吉の本性を承知していたから、決して弥七のようなことは言わなかった。

「やっぱり……弥七さんはあの人じゃぁないんだよねぇ」

鈴君だと思い、違うと分かり、また期待をかけ、否定する。堂々巡りの思いの中で、それでもどうにも諦《あきら》めきれない。

商売ものの櫛を手でなぜながら、未練を捨てきれずにつぶやいているお吉の脇《わき》で、仁吉は別のことを考えていた。

(弥七は、あたしを追い出したかったんだね)

お吉と夫婦になれば、弥七が吉野屋の主人だ。憎らしい番頭の首なぞあっさりと切って、溜飲《りゅういん》を下げたかったことだろう。弥七は美貌《びぼう》の妻と共に、金と地位と仁吉への復讐《ふくしゅう》という、三つの福運を摑もうとしていたのだ。

(手に入れ損ねて、今頃悔しがっているかね)

これで弥七に煩《わずら》わされることも減るかと、仁吉は少しばかりほっとしていた。

その夜。

夜五つの鐘が鳴って暫《しばら》く後のこと、店に使いが来てお吉に文を渡して行った。開いてみれば弥七からで、稲荷神社で会いたいという。

「こんな時刻にお嬢さんを呼び出すなど、どうかしていますよ。明日にすればいいものを」

お吉も夜の中、他出《たしゅつ》はしないと言ったが、それでも弥七をずっと待たせるのは嫌らしい。明日の昼間来て欲しいとの伝言を頼まれ、仁吉はうんざりを顔一面に貼《は》り付けたまま稲荷神社に向かった。

近所の灯《あか》りもとうにおちて、辺りは暗い。今日は月も雲間から途切れ途切れにしか顔を出していない。だが妖の目を持つ仁吉には不便はなく、提灯《ちょうちん》も持たなかった。昼間と変わらない足取りで、いつもの拝殿前に来てみるが、弥七の姿がない。

「はて、お嬢さんを呼び出しておいて、どこへ行っちまったんだい？」

不機嫌な声が、夜の中で仁吉のいる場所を知らせたようだ。そこに向かっていきなり、だれとも知れぬ手で左右から、二本の棒が振り下ろされた。

並みの人ならば、声を上げる間もなく打ち倒されていたはずだ。仁吉はと言えば、どうにも面倒くさそうに、その襲撃をかわしていた。

「弥七さんだろう。どっちがお前さんだい」

夜だというのに、手ぬぐいで顔を隠した両脇の男らに声をかける。すると返事は左右どちらからでもなく、思いがけない方向から……仁吉の真後ろから聞こえて来たのだった。

「わっちはここにいるよ」

思わず振り向いて隙《すき》が出来たところへ、また二本の凶器が襲ってくる。今度は両方を避けることが難しかった。仁吉は左側の木刀を摑んでもぎ取ると、それであっと言う間もなく、二人を打ち倒していた。

「馬鹿な。こんなことがあるわけがない……」

呆然《ぼうぜん》とした弥七の声よりも、下に転がった男たちの、落ちた手ぬぐいの下の顔に仁吉は吸い寄せられていた。二人とも見覚えがあった。

「こいつらは……弥七さんがお嬢さんを助けた夜、お前さんと喧嘩《けんか》をしていたごろつきじゃぁないか！」

子供を攫《さら》い損ね、岡っ引きの三橋の親分に追われていた連中だ。あの夜、性懲《しょうこ》りもなくお吉にまで手を出そうとして、それを助けたのが弥七の筈だった。

なのに何故《なぜ》、その人攫いが弥七の加勢をしているのだ？

「もしかして二人とも……お前さんの手下なのかい？」

仁吉は大きく目を見開いていた。

「お前も、人攫いの一味だったのか！」

疑問の答えが閃《ひらめ》いて口をつく。闇の中で弥七の目が、獣のそれのように鋭く光っている。

「あの夜人攫いは娘っ子を攫うのに、一度しくじっている。人まで殺してしまった。逃げる途中の神社でお嬢さんを見かけて、また攫おうとするか、そのまま逃げるかで、お前さんたちは仲間内で喧嘩になったんだ」

今夜の様子を見ても親玉は明らかにこの弥七だ。神社に現れた岡っ引きに驚いて逃げた二人に咄嗟《とつさ》に罪をなすりつけ、礼金までせしめたやり口は、この若さで大した悪玉だった。

「何を言い出すやら。知らねぇなぁ」

仁吉の言葉に、にたりと笑って返すその顔つきには、お吉には決して見せないふてぶてしさがあった。今夜の仁吉の腕を見てもなお、懐からどすを持ち出し、遣《や》り合おうという様子を見せている。

「番頭さん、あんた邪魔なんだよなぁ。せっかく思いがけなくもお店のお嬢さんと仲良くなれたんだ。このますっぽりと店の主人に納まっちまえば楽ってものさ。そうだろう？」

細々と紅を売るよりも、岡っ引きの目を掠《かす》めて女を攫うよりも、安全で大きな金を摑む好機が、目の前に現れたのだ。

だがことは弥七が思ったほど、簡単には進まなかったようだ。

「お嬢さんに夫婦になろうと言っても、決心がつかないと言う。せめていけ好かない番頭を首にと持ちかければ、あんたなしでは店が立ち行かないとの返事だ」

主人より番頭が頼りの店は珍しくもない。ましてや商いに興味のないお吉は、銭函《ぜにばこ》すら番頭に預けたままで、商売の全《すべ》ては仁吉が仕切っている。

これではお吉から金すら引き出せなかった。

「おまけにここのところ、お嬢さんの態度がおかしい。今夜もここへは来なかったしな」

弥七の眉間《みけん》に皺《しわ》が深く寄る。仁吉がお吉に意見でもしたと、思っている様子だ。

(おやおや、とんだ誤解だ。お嬢さんが、あたしの言うことばかり聞くわけもないのに)

仁吉は口元に自嘲《じちよう》の笑みを浮かべた。それがどうにも気に障《さわ》ったらしい。目をむいた弥七が、境内の木陰から切りかかってくる。

益々《ますます》うんざりした仁吉は、いっそ胸倉摑んで、はるか先のお池まで放り込んでやろうかと手を伸ばし……軽く弥七の腕をはたいて、どすを叩《たた》き落すに留めた。

儚《はかな》い鈴の音が聞こえたからだ。

(この鈴の音だ。これにお嬢さんもあたしも、振り回されている。鈴君だとは思えないものを、何でこの男に鈴の音が付きまとう?)

何故なのだろう。どうしてだ？　死んでもなお、この世にいないときにまで、何故に〝鈴君〟は自分たちに、その影をちらつかせるのか。

夜の拝殿前でもう弥七には見向きもせず、仁吉は立ち尽くしていた。弥七はどすを拾い上げたらしく、跡も残さず稲荷神社から姿を消していた。

7

その騒動の後、弥七はぴたりと店に姿を見せなくなった。切り付けられたことはお吉に言っていない。

「仁吉、お前さん、弥七さんを不忍池《しのばずのいけ》に沈めてしまったんじゃないだろうね」

疑わしげにお吉に言われて、仁吉はそっけなく返事を返した。

「そうできたら、すっきりしたでしょうがね」

歳の割には中身がどす黒いあの弥七が、これで吉野屋とお吉を諦めるとも思えず、仁吉は用心をしていた。

三日後、己の寝間に影が見えた時は身を固くしたが、現れたのは鳴家《やなり》たちの方だった。

「仁吉さん、驚くことがあったんです。あの弥七ときたら、何と人攫いだったんですよ」

小さい雁首《がんくび》をずらりと並べて、我先にと鳴家たちは言い立てる。小妖《こよう》は赤い顔で得意げだったが、既に分かっていることとて、仁吉は驚いた様子も見せなかった。

「そうみたいだね」

「手下がおりまする」

「二人もおりまする」

「そのことも承知だよ。別の報告は？」

「岡っ引きの三橋の親分が、今朝方手下どもを捕まえたようで」

「なるほど。弥七自身の知らせはないかい」

そう言われて、途端に困った様子を見せる。聞かせるほどの話は掴んでないのだろう。仁吉のがっかりした顔つきに、焦《あせ》った鳴家たちはてんでに、弥七がいかに悪党かを言い立て始めた。

「弥七は紅の商売で、岡場所などに出入りしてます。そのとき知りあった女衒《ぜげん》に、かっ攫った女子を売っているらしい」

「品川や新宿の旅籠《はたご》にも、飯盛り女を売ったという話を聞きました。酷《むご》いことに攫った者からは櫛《くし》でも簪《かんざし》でも、金目のものはみんな取り上げているとか」

　これを聞いた鳴家の仲間が首をかしげる。

「男のくせに、簪を取ってどうするのかね」

「馬鹿《ばか》だね。売ればいいのさ」

　紅の値段は高いだの、笹色紅《ささいろ》の玉虫色は妖の唇のような色に見えるだの、鳴家たちの話は、だんだん肝心の弥七のことからずれてゆく。

　だが仁吉にはもう、その小妖たちのかしましい声が、耳に入っていないかの様子だった。話の途中で不意に顔を強張《こわば》らせると、ゆっくりと拳《こぶし》を握り締める。

「そうか……そのせいで……」

　何やら納得がいった顔だった。妖の本性が表に現れ、猫のように黒目が細くなっている。それから直《す》ぐに向き直って、周りの妖たちに聞いてきた。

「お嬢さんはまだ、寝ていないかね。話があるんだが」

「あれ、仁吉さんは知りませんでしたか。お嬢さん、先ほどお出かけのようでしたが」

　ぺらりと鳴家に言われて、仁吉は口元から牙《きば》を見せた。

「お前、知っていたのなら、何で外出《そとで》を止めなかったんだい。いや、それが無理ならせめて、あたしに知らせるべきだろうが！」

怒鳴られて鳴家たちは首を亀《かめ》のようにすっこめてしまう。それに構う間もなく、急いで仁吉は表に向かった。

途中店先で引き出しを見ると、小判が入った引き出しは鍵《かぎ》が掛かったままだったが、銭函の中身が消えている。

「お嬢さんが店の金を持ち出すなんて、弥七から呼び出されたに違いないよ」

どうやって金を持ってくるよう、言いくるめたのだろうか。仁吉は唇を噛《か》んだ。人攫いが相手だろうと、いざとなればお吉は負けるものではない。しかし。

(どう出るのが……お嬢さんにとって、一番いいんだろうか)

仁吉は答えを探して、銭函を睨《にら》みつけた。

8

「手を離して下さいよ。もう戻らないと」

「金だけ渡して帰ろうっていうのかい。それはなかろうよ、お嬢さん。わっちはお前さんの店の番頭に襲われてこのざまだ。暫《しばら》くは側にいて、介抱してくれないと不便でならない」

夜の境内、拝殿脇《わき》で、お吉と弥七がもみ合っている声がしていた。弥七は右腕を夜目にも白い晒《さら》しで吊《つ》っている。

「私は仁吉があんたに怪我《けが》を負わせたと聞いたから、見舞いの銭を持って来ただけだよ」

お吉の声が硬い。

「ならば一旦《いったん》帰って、もっと金を取って来い。あるはずだ！」

弥七はお吉を片腕で引き寄せると、いつにない強面《こわもて》の顔を見せてきた。月の光を映して、顔色が青黒い。

「どうせあの店はあんたのものなんだ。主人として入り込めないのなら、有り金そっくりいただくさ。さあ、言われた通りにするんだ」

女を意のままに動かすことに、弥七は慣れている様子であった。

ところがお吉は、並みの女ではない。唇を噛むと、振袖の手を一振りして弥七を振り解《ほど》き、男を驚かせた。

「やっぱり違う。違うんだ！　鈴君なら何も憶《おぼ》えていなかろうと、こんなことをするものか。私が馬鹿だった。あんまりにも会えなかったから……もしかしたらの思いに、目がくらんじまって」

声が震え、目が潤《うる》んで夜目に僅《わず》かに光っている。弥七が毒づいた。

「何としても言うことを聞かないか。こうとなったらおまえだけでも売っ払って、金にしないことには、紅にかけた金も取り返せねぇ」

「売っ払う？」

お吉の声がかすれた。涙がこぼれて顔が歪《ゆが》む。女を逃がすものかと突き出した弥七の腕を、横合いから男の手が摑《つか》んだ。

「まったく懲《こ》りない男だね。いいかげんにしないと、本当に不忍池の底に沈めたくなる」

「ひっ……」

仁吉は今度は弥七の胸倉を摑んで、腕一本で背の高い己の目よりも高く差し上げた。

これには驚いたらしい弥七が、必死に身をよじって逃れようとする。その時はだけた胸元から地面に落ちて、小さな鈴の音を立てた何かがあった。

三人の顔が、転がっている紙入れに集まる。鈴の形の根付《ねつけ》が付いていた。

「これが聞こえていた鈴の音の正体か」

仁吉が弥七を乱暴に放り出し、その小さな銀の玉を手に取る。夜の闇《やみ》に再び澄んだ音色が伝わった。

「返しなよ。わっちのもんだ」

腰を抜かして地面に這《は》いつくばったまま、睨んでくる弥七に、仁吉は冷たい言葉を投げかけた。

「手下の二人が、三橋の親分さんに捕まったよ。早く逃げないとお前さん、お縄になったら獄門間違いなしじゃないのかい」

「無一文で逃げられるものか！」

あくまで立ち去ろうとしない弥七に苦い顔を向けると、仁吉は懐《ふところ》から十両ばかりも入った巾着《きんちゃく》を取り出して、地面に投げつけた。

「これを持ってさっさといね。二度と吉野屋の前に姿を見せるんじゃないよ。見かけたら、今度はまどろっこしい事はしない」

淡々としたその言い方は何故《なぜ》か夜の色に似ていて、肌を粟立《あわだ》たせるものがある。弥七は巾着に手を伸ばすと、最後まで聞かずに、月の光も届かない拝殿脇の木陰の闇に消えた。

「どうしたんだい、仁吉。今夜は随分と優しいじゃないか。見逃すなんてさ」

何か変だと、お吉が半泣きの顔を仁吉に向けてきた。番頭はお吉の方を向かない。黙るばかりで夜に外出をしたことを責めもしない。それが却《かえ》って気にかかったらしく、お吉は問い続けてくる。

「弥七さんは、私を売るって言ってた。手慣れた感じだったよ。あの人、人攫いだったんだね」

ゆっくりと仁吉が振り向く。返事をする様子はない。ただ手に持った鈴が小さな音を立てていた。

「今になって分かるよ。あいつは鈴君じゃない。なのに何で私は間違えたんだろう。もう……分からなくなっちまったんだろうか」

涙が盛り上がると頰を伝ってゆく。千年も思い続けた男を思い違えてしまった。それは足元の地面が消えてしまうような気持ちに違いなく、お吉は体を支えきれないように、震えだしていた。

「また会えます。今度の事は忘れてしまったらいい。その方がいい。出来ませんか？」

「忘れて今までと同じように待っていろと？　私にはもう待てる自信がない。だって、今度も分からないかもしれないじゃないか。また間違えるかもしれない。どうしよう……」

お吉は境内にしゃがみ込んで袂《たもと》に顔を埋めると、声を立てずに大きく泣き始めた。顔を上げもしない。仁吉の方は見ない。今までずっとそうだったように、ただただ鈴君のことを思い、嘆く。涙はあの男のためにだけ流されてゆくのだ。

仁吉はもう己の言葉では慰めるすべも無く、真実を口に乗せた。

「お嬢さんは……理由なく間違えた訳じゃないんです」

ゆっくりと、搾《しぼ》り出すように仁吉が口を開く。喋《しゃべ》ることを、未《いま》だに酷《ひど》く迷っているようであった。

「この鈴の音色。これに引きつけられたんですよ」

手の中で振ると、根付に仕立てられた鈴は、澄んだ音をたてた。お吉の顔が、袂から離れる。鈴を見つめる目が濡《ぬ》れて光っている。

「今でもこれに引かれるでしょう？　これは多分……鈴君のものなんだ」

言われたお吉の顔に、驚きが走った。

「でも何であの弥七さんが持っていたの？　誰かから貰《もら》ったんだろうか。ううん、鈴君が大切な鈴を人に渡す訳がない。じゃあ……」

声が途切れた。すがるように仁吉の顔を見つめてくる。仁吉が重い口を開く。

「あの男は、攫《さら》った女たちの持ち物を奪っていた。きっとこの鈴も奪ったんです……殺された鈴君から」

「……殺され……た？」

「初めて弥七と出会った日、境内にはかすかに新しい血の臭《にお》いがしていました。あの人攫いたちから」

目の前に銀の鈴を差し出されて、お吉は一歩、後ろへ身を引く。

「あの日この近くで、人攫いにあった女の子を助けようとして……近くに住まっている男が一人、殺されたって親分さんが言っていた」

「……それが鈴君だったの？」

恋しい男は、お吉の直ぐ近くにいたのだ。なのに今度は会うこともなく、死んでしまった。

「何で気がつかなかったんだろう。おまけに私ときたら……選《よ》りにもよって、あの人を殺した男を、鈴君だと思うだなんて」

体から力が抜けたように、お吉は地面に手をついた。直ぐに大きな涙の粒が、絶え間なく頰を流れ始めた。泣いて泣いて泣いて……それでもどうしても止まらない。

「こんなんじゃ、もう私はあの人と……会えないよ、きっと」

震えと涙が混じって、お吉の声はだんだん小さく消えてゆく。惨《みじ》めにも小さくわが身を抱え込んだとき、お吉の後ろから仁吉が肩に手をかけた。

「きっと出会えますよ。あちらから見つけてくれることもあるでしょう。一方的な片恋じゃぁないんだから」

千年も思いあっているんだから。そう言うと、お吉は顔を上げた。目の前に同じだけの年月、変わらずに近くにいた男の顔があった。

「千年……」

久しぶりに真正面からお互いを見る。いつもの馴染《なじ》みの顔が、安心できる相手がそこにいた。

「長いね、千年は」

ぽつりと漏らすと、お吉はまた泣き顔になる。ゆっくり視線がお互いから離れていく。

(そう、お嬢さんがあたしの気持ちを知らないわけがない。千年、横にいたんだから)

それでもどうしようもなくお吉が追うのは鈴君なのだ。だからお吉は仁吉の恋心については、決して口にしない。言えば二人の関係は崩れてしまう。

「どうして……」

その先を言うことも出来ずに、お吉はただ泣いていた。仁吉もまた、そんなお吉を放ってその場から離れられなかった。

(なんてこった。これじゃぁこの先千年経《た》っても、このままかもしれない)

これが千年目の結論なのだろうか。

(恋しい、ただただ愛《いとお》しくてたまらないのさ)

仁吉は諦《あきら》めの気持ちで一つ息をつく。お吉はそのまま秋の雨のように長く泣き続けていた。

9

「これであたしの話は終わりです」

仁吉にそう話を締めくくられて、若だんなは寝床で目を丸くしていた。

「じゃあお吉さんは、そのまま鈴君とは会えなかったのかい?」

がっかりしたような口調で聞くと、笑い顔が返ってきた。

「この話の後百年程して会えたんですよ。だからおかみさんが生まれて、若だんながいるんです」

「はぁ?」

「お吉さん、本性を皮衣《かわごろも》様と仰《おつしや》って、齢《よわい》三千年の大妖《たいよう》です。若だんなの祖母君ですよ」

佐助にそう説明されて、若だんなは暫《しばら》く声もなかった。では、鈴君とは祖父伊三郎のことなのか。

「仁吉はおばあさまに振られたんだ」

そういうと、仁吉が照れくさそうに笑っている。若だんなはふと、弥七があれからどうなったか知りたくなった。

「さて、知りませんが」

怖いような笑みが仁吉の顔に浮かんでいる。

「皮衣様を稲荷《いなり》神社で泣かせて、妖狐《ようこ》たちが黙っているはずもなし。あやつが無事に夜を越せたとは思えませんがね」

手代の返事は、そっけなくも恐ろしい。

すっかり話を聞き終わった頃には、薬が効いてきたのか瞼《まぶた》が重くなっていた。手代たちは若だんながまた黙ると、そっと離れの寝間から出て行った。

(久しぶりにゆっくり眠れそうだよ)

今にも睡魔に抱きとめられそうになったとき、不意にまた聞きたいことが浮かんできた。

（仁吉はまだ、おばあさまが好きなのかな。だから私の世話をおばあさまに頼まれたとき、引き受けたのかしら）

ずっとこの先も好きで居続けるのだろうか。振り向かないと分かっている人を。

その質問は口に出す前に若だんなの夢に溶けて、そのまま眠りの中に運ばれていった。

虹を見し事

1

(一体いつの間に、こんなことになっていたんだろうか)

廻船問屋《かいせんどいや》兼薬種問屋《やくしゅどいや》、長崎屋の一人息子一太郎は、寝起きしている離れでしきりと首を傾《かし》げていた。

いつもなら咳《せき》一つすれば手代《てだい》たちを始め、日頃若だんなを飴《あめ》で煮込むように甘やかしている連中が、競って飛んでくる。それはいっそ、煩《わずら》わしい程なのだ。

しかし今日はどういうものか勝手が違った。

「どうして佐助や仁吉《にきち》……皆も、部屋に顔を出さないんだ? 戻ったら直《す》ぐに小言を食らうと、覚悟していたのに」

駄目だと言われていたのに、昼餉《ひるげ》の後隣の菓子屋三春屋にこっそり出かけていた。

帰ってくると贅沢《ぜいたく》な作りの離れには、誰もいなかった。

（こんな不思議に出会ったのは、ずいぶんと久しぶりだよ）

日中だというのに、若だんなの様子を見に来る者がいない。

（店が途方もなく忙しいのかな）

長崎屋は江戸一繁華な、日本橋は通町《とおりちょう》に店を構える大店《おおだな》だ。店を開いたのは亡《な》き祖父の長崎屋伊三郎《いさぶろう》。一代で千石船を持つ大商人《あきんど》にまでなれたのには、あまり大声では語れない訳があった。

伊三郎の妻、美しいおぎんは、齢《よわい》三千年ともいう大妖《たいよう》で、皮衣《かわごろも》の異名を持つ者だったのだ。数多《あまた》の妖《あやかし》らの助力で、長崎屋は大きくなった。

祖父母は孫には底なしに甘かった。虚弱な若だんなには、幼い頃から妖の兄《にい》やが付けられたのだ。平素寝起きしている離れには、他にも人ならぬ者が多く出入りしていて、歩けばつい蹴飛《けと》ばしてしまうほどだ。

いや昨日までは多くいた、と言うべきか。

「一体皆、どこに消えちまったんだい？」

いつもなら小鬼姿の鳴家《やなり》が、呼びもしないのに部屋を駆け回っている。野寺坊《のでらぼう》や獺《かわうそ》など、酒を飲みに勝手に離れに上がり込んでいたりする。だが気づいた時には、彼らの姿がなかった。声をかけても屏風《びょうぶ》のぞきは、その派手な姿を絵の中から現して来ない。

「妖たちに何かあったんだろうか」

若だんなは何となく不安になって、薬種問屋長崎屋の店表に顔を出した。こちらの店は一応若だんなが任されているという建前になっている。他の奉公人たちと共に、帳場にいた兄やの仁吉が笑顔を向けてきたので、ほっと笑みが浮かび、側《そば》に座り込んだ。

「ねえ、仁吉や。今日は皆の姿を見ないんだよ。どうかしたのかい？」

普通の人である他の奉公人たちに聞かれては不味《まず》いので、小声で問うてみた。仁吉はにこにこと笑いを返しながら、奇妙に外れた返事を返してくる。

「あれま、若だんな。今朝旦那《だんな》様方に朝のご挨拶《あいさつ》なさらなかったんですか。顔をお見せにならないと心配されますよ」

「何を言っているんだい。おとっつぁんたちとはお昼を一緒に食べたばかりだよ。そうじゃなくて、いつものみんなのことさね」

じれた口調で問い直す。仁吉は「ああ」と声を出すと、算盤《そろばん》をぽんとはじいた。

「上方からの荷を運んできた常磐《ときわ》丸が、港に着いたことをご存じなんですね。水夫《かこ》たちは今日あたり、廻船問屋の方に荷を運んで来ましょう。若だんなが声をおかけになったら、皆喜びますよ」

「はぁっ？　何言っているんだい、仁吉」

若だんなが何について尋ねているのか、この手代に分からない筈《はず》はない。仁吉は白《はく》沢《たく》という大妖なのだから。

しかし今日の仁吉の受け答えは、まるで別人、並の人のようだった。

（一体どうしちゃったんだろう）

何となく気味悪くなってきて、若だんなはそろりと帳場から離れた。ふと思いつくと、店先にある白冬湯という喉《のど》に効く薬湯の、釜《かま》の前に座り込んでみる。

「今日は私がこれを売るよ」

そう言うと、小僧の手から柄杓《ひしやく》をもらいうける。

（さて、仁吉はどう出るかね）

湯で火傷《やけど》をすると剣呑《けんのん》だというので、普段仁吉は体の弱い若だんなが釜に近づくことを、酷《ひど》く嫌っていた。薬湯の前に陣取り、ちらちらと帳場の方に目をやる。程なく若だんなの行いに気がついた仁吉が、立ち上がって近づいて来た。

（なんだ、いつもの通りかい）

ほっとしたのもつかの間、仁吉は若だんなの隣に座ると、その秀麗な顔を少しだけしかめて、静かに言い含め始めた。

「いつも言っておりますでしょう、白冬湯には近づかないで下さいまし。万に一つ火傷をなすったら、若だんなは寝込むくらいじゃ済まないんですよ」

「わ、分かっているよ」

心底気味が悪くなって、大急ぎで店の奥にとって返す。

(いつもなら仁吉はあんなまどろっこしいことは言わないよ。ものも言わずに飛んできて、あの怪力で抱え上げたら、さっさと店脇《わき》の六畳間に放り込む。そこでいやって言うほど説教をたれるんだが)

昨日と同じ顔の兄やが、口を開けば別人のような言葉をはく。両親と昼餉を食べたときは、何も変わりはなかった。つまり何となく妙なのは妖たちだけなのだ。

(一人残らずおかしいのかな)

若だんなは急いで長い廊下を抜けると、台所の前を通って、廻船問屋長崎屋の店表に出た。そこではもう一人の妖の兄や、佐助が手代として働いている。

薬種問屋長崎屋の倍以上はありそうな板間に顔を出した。ちょうど常磐丸からの荷が着いた所らしく、店の中は慌《あわ》ただしい。

（佐助の姿が見えないね）

若だんなは船荷が一旦《いったん》置かれる、店右奥の部屋へ向かった。

店裏では堀に向かって大きく開け放たれた戸から、筵《むしろ》に巻かれた荷が運び込まれ、板間に高く積み重ねられている。出たり入ったり、水夫や人足の姿は多かったが、ここでも佐助は見あたらない。

「これは若だんな、薬種の荷を見においでになったんですか？」

立ちつくしている所に声をかけてきたのは、松之助《まつのすけ》だった。一太郎の実の兄。長崎屋藤兵衛がよそでなした子で、二月《ふたつき》ほど前の大火事の後、長崎屋を頼って店に来ていた。とうに縁が切れていると渋い顔の二親が折れて、松之助が店にいられるようになったのは、若だんなの望みを入れたからだ。

しかしおかみであるおたえの手前、長崎屋の息子ではなく、奉公人として扱われることとし、手代としての分はきっちり守るようにと言い渡されていた。今松之助は、他の奉公人たちと一緒に寝起きをしている。

だがそんなことを気にする若だんなではない。松之助のことは〝兄〟と呼ぶことに決めて、それで通していた。

「ああ、兄さん。今回は薬種の荷は多いの？」

「大黄《だいおう》、肉桂《にっけい》、白芷《びゃくし》、当帰《とうき》、茴香《ういきょう》、檳榔子《びんろうじ》、独活《どっかつ》、人参《にんじん》。かなりなところ入って来ておりますす。人足に薬種問屋の方へ運ばせましょうか」

「うん、そうしてもらって」

松之助の指示で、数人の人足が動いて薬種の荷が裏手に消えてゆく。長崎屋に来て二ヶ月、前に働いていた桶屋《おけや》とは畑違いの廻船問屋の仕事にも、もう馴《な》れた様子できりきりと働いている。その姿に若だんなは心の内で、ほっとしていた。

「ところで兄さん、佐助を見なかった？」

若だんなが聞くと、答えは二人の横から返ってきた。

「手代さんなら先ほど、荷を届けに外へ出られましたけど」

明るい声の主は、女中のおまきだった。まだ奉公に来て二年ほどの十六歳。赤い蒔《まき》絵《え》の櫛《くし》がよく似合うかわいい娘だ。返答しながらもてきぱきと土間を掃き清めている姿を、松之助の目が器用に追っている。

「そうかい、今佐助は外出《そとで》の最中か」

若だんなはため息を噛《か》み殺した。こうも多く荷が入ってきたからには、妖ばかりに構っている暇はない。若だんなも手を貸さないことには、薬種問屋の仕事が回らないほど忙しくなりそうだ。しかたなく急いで戻ろうとして、若だんなはふと足を止めた。

「そうだ、おまき。もう下総《しもうさ》のおっかさんの具合はいいのかい？」

振り向いて聞くと、箒《ほうき》を持ったおまきの顔がさっと赤く染まった。櫛に手をやり目を輝かせている。

「覚えて下さってたんですか。ありがとうございます。随分と良くなったんで、あたしも店に帰って来られました。嬉《うれ》しかったです」

「そりゃぁよかった」

おまきは母親が病との知らせが入り、松之助が店に来てからいくらも経《た》たない時分に、生まれた村に帰っていた。姿を見たのは随分と久しぶりだ。

「凄《すご》いですね、若だんな。奉公人の生まれや家族のことまで、皆頭に入れておいでで？」

隣にいた松之助が、目を見開いている。

「兄さんだとて、東屋《あずまや》の皆のことは心得ていたでしょう」

「あの店には、奉公人は四人しかいませんでした。この長崎屋じゃ、水夫や人足も合わせれば随分な人の数になるのに」

「それが私の仕事だもの」

そう言って笑ってから松之助と別れ、若だんなは廊下を薬種問屋の方へ向かった。

歩いていく内にその口元の笑いが、かすかに自嘲《じちよう》気味のものになっていく。若だんなには、己が力仕事には全く向かず、寝込んでばかりいるという自覚があった。

兄、松之助が早々に他の奉公人と馴染《なじ》めたのは、藤兵衛《とうべえ》の子であることを鼻にかけない心根と共に、骨惜しみしないあの働きを皆に認められたからだ。松之助は丈夫で力が強く、若だんなは逆立ちしても、ああはなれない。

（せめて商売の上手《うま》い工夫を見つけたり、奉公人たちが安心するよう、店の舵《かじ》取りが出来るようにならないとね。そうでないと私は本当にいらない人になってしまう）

それは決して表には出さないが、心に冷たく染み入ってくる怖い考えだ。まだ十七歳だし、皆に助けてもらっているゆえに、今は形ばかり薬種問屋を任されても何とかなっている。だが……。

（私はこの先、やっていけるんだろうか。十年先は？　おとっつぁんの歳《とし》になった頃は？）

先のことに自信がもてない。恐怖は常に若だんなと共にあった。今は飯を食うに困るような暮らしではないが、この火事の多い江戸では、一夜にして大店が消えて無くなることなど、珍しくもなかった。

（おとっつぁんたちがいてくれる間は……心配ないけれど）

長崎屋は大店だけに、その商売に寄ってかかっている者の数も多い。奉公人やその家族たちの暮らしも先の見通しも、いつかは若だんなの両の肩に掛かってくる。分かってはいたし、覚悟はしていた。

でも……店を支えて当たりまえ、人を使いこなして当然という時が来たら。

（出来なければ困ります）

（出来て下さい）

（出来るべきです）

何事も間違えることなく、やりおおせなくてはならない。既に褒《ほ》め言葉は用意されているのだから。

もちろん店を支えるのには、番頭という商売に長《た》けた者の力を借りられる。だがその店の生き死にを決める番頭を選ぶのもまた、当主の仕事なのだ。

しかし不安があることを、人にはなかなか言えなかった。恵まれすぎていると己でも思っている毎日の中で、更に文句を言うことなぞ出来はしない。

「はあ……」

ため息も人がいないところで、こっそりと遠慮がちにつく。ただ妖《あやかし》たちにだけは、時々心掛かりをこぼすことがあった。

（それなのに、頼りの妖たちが突然いなくなったら、私はどうなるのかね）

小さい頃からいつも変わらず一緒だったのに。

廊下づたいに薬種問屋の方に入ると、土蔵の向かいにある板間に立っている、仁吉の姿が目に入った。薬種の荷を運んできた人足たちに、指示を出している様子だ。

（なに、きっと皆直《す》ぐに戻ってくるさね）

唇を薄く嚙むと、若だんなは腹の内に力を込めて、しっかりと歩いていった。

2

「どうしよう……本当に本当に妖たちは帰ってこないのかも……」

日もとっぷりと暮れた五つ時、土蔵脇に建てられた内風呂《ぶろ》の中で、顎《あご》まで湯に浸《つ》かりながら、若だんなは情けない声を出していた。

突然に妖たちを見かけなくなってもう三日。手代たちに探りを入れ、山のような菓子で誘いながら屛風《びょうぶ》のぞきに話しかけてみるが、らちが明かない。

かつては客の内に混じっていることすらあった妖の姿は、きれいに消えてしまっていた。妖たちはもう若だんなの前に姿を見せることを、止《や》めたかのようであった。

ため息と共に広い湯船に入っているのだが、若だんなは一人きりに馴れておらず、どうにも落ち着かない。奉公人たちは普段近所の湯屋に行っていて、内湯には入らないから松之助と一緒にと言う訳にもいかなかった。

（今までなら仁吉か佐助が、背中を流してくれていたのに）

忙しくて二人がいない時にはこれ幸いと、小さな鳴家《やなり》たちが湯の中で犬かきや立ち泳ぎをしていた。そんな毎日が吹き飛んでしまったのだ。

もちろん佐助たち手代二人はまだいた。しかしこちらの方は、一層気味の悪い変化を見せている。つまり二人はどこまでも、真っ当になってしまったのだ。

当然の事として、虚弱な若だんなを今でも心配してくれている。しかしそれは奇妙に微妙に、若だんなの知っている二人のそれとはずれていた。人並みな筋の通った心配。その上で一太郎を若だんなとして、きちんと大人扱いする。そんなこと今まではついぞなかった。

かつては湯に入れば溺《おぼ》れ、飯を食べれば喉《のど》に詰まらせるものと、二人は確信していた。それが若だんなにはたまらなく嫌だったのだが……。

「やっぱり私はただの、甘ったれなんだろうか。情けない」

心細いような言葉をはくと、長湯をする気にもなれず、早々に湯から上がる。

外は月夜で明るかった。部屋に戻る前に厠《かわや》に行って、建物の脇に置いてある桶の手水《ちょうず》を使う。柄杓《ひしゃく》を戻したとき、水に映った満月を見てその清澄な美しさに、沈んでいた顔が思わず微笑《ほほえ》んだ。

（鳴家たちがここにいれば、今頃水桶の月を摑《つか》もうと手を突っ込んで、大変な騒ぎだったろう）

天を見上げれば、月は青い光の輪をその背に負っている。不意に若だんなは、空の方に手を差し伸べた。

「月の光に触れられたら、凄いだろうね」

もう一度水面に目をやると、静かに月に向かって手を下ろす。指が触れれば、水は波を起こし月の影は姿も定かではなくなってしまう。その筈《はず》であり、分かってはいた。

（あれ……？）

静かに手が水の中をくぐっていくのに、何故《なぜ》か月はそのままに淡く光っている。ゆっくり、ゆっくりと光をすくってみた。水の中から指先を出せば、白い光の固まりは壊れずに水面から分かれて出てくる。若だんなは己の顔が、引きつってくるのが分かった。

（これは……本当の話なのかね）

さらに持ち上げる。水をしたたらせている若だんなの手の中、月の光は目の高さで薄く夜に輝いたままでいる。それは魅入られるほど美しく、どうにも信じられない出来事だった。眼前で見えているのに、夢の中にいるような気分だ。

(夢……?)

指が少し震えた。月はするりと手の上から滑り落ちる。「あっ」声を上げたときは、淡い音と共に水の中に戻った後で、光の欠片《かけら》となって消えていった。

(なんと……)

桶の水からしばらく目が離せないでいた。

(こんな話、誰にも出来ないよ。とても信じられる出来事じゃない)

眉《まゆ》がひそめられ、眉間《みけん》に皺《しわ》が寄る。しばし月光が消えた水に引き寄せられたまま、動けなかった。そのまま夜と不思議に絡《から》め取られて、庭に一人立ちん坊でいる……。

「……くしょっ……ん」

くしゃみを一つして、はっと我に返った。夜の庭、厠の横に、随分と長く立ったままだったのに気がつく。

「湯冷めをしたかな」

以前ならとっくに手代たちのどちらかが、顔色を変えて連れに来ている所だ。

（それにしても……何でこう、いつにない事ばかり起こるんだ？）

その思いに一層の薄ら寒さを感じて、もう一度桶に目をやる。平素と変わらず水に浮かぶ月を残して、若だんなは一人離れの寝間に急いだ。

部屋に戻ると既に夜着は延べてあったし、乱れ箱も水差しもきちんと枕元《まくらもと》に並べてあった。しかし前は必ず若だんなが寝つくまで側《そば》にいてくれた手代たちの姿がない。

「もう十七なんだから、これがあたりまえか」

納得はしても馴れるのにはしばらくかかりそうだった。己で行灯《あんどん》の火を吹き消すと、指先も見えなくなった常闇《とこやみ》の中を這《は》って寝床に潜り込む。いつもならここで聞こえてきていた妖たちの話し声もないまま、しばらく寝つけなかった。

それでもこの静けさはすでに三回目のもので、若だんなは眠るしかないことも承知していた。まどろむまでに、今日も随分と寝返りを打つ。小半時《こはんとき》も経った後、やっと眠りに引き込まれかけた。

そのとき、音は聞こえてきた。

（……はて、何だろうね）

黒一面の暗さの中、若だんなは再び目を見開いた。かすかに夜が震えている気がする。人ならぬ妖のうごめきに馴《な》れている若だんなだから、感じられるほどのわずかな気配。

(妖たちが戻ってきたのか？)

だがそれは、いつも馴染んでいる遠慮のない物音とは、あまりに種類の違う音のように感じられた。何とはなく密《ひそ》やかで、ゆっくりと近づいてきている。時々音が途切れる。誰ぞが廊下で立ち止まり、辺りを窺《うかが》っている姿が想像されて、若だんなは眠るどころではなくなってしまった。

心の臓が早鐘を打っている。暗い中で夜着の端を握りしめた。

(どうしようか。行灯の明かりをつけた方がいいのかな。思い切って廊下に出るか？それとも声をあげてみようか)

離れにはひ弱な一太郎の為《ため》に、二人の手代が寝泊まりしている。いかに様子が変だとはいえ、真夜中に若だんなの大声が聞こえれば駆けつけて来る筈であった。

(来るよね……？　あれ、でも大妖《たいよう》である二人がいるのに、なんで離れにおかしな気配が忍び込んで来ているんだ？)

考えを巡らしている間にも、〝何か〟は、寝間に近づいてきている様子だった。離れは建物自体が、そんなに大きくはない。〝それ〟が近寄ってくるにつれ、部屋の中に棘《とげ》が漂いだしたような感じがしてきた。どう考えても、嬉《うれ》しい来訪者とは思えなかった。

(直ぐ先の廊下の角にいるのか？)

いや、もっと近いかもしれない。側に来ている。知りたくもないのに、目で見ているかのようにはっきりと分かった。腰が浮いたが、今からでは真っ暗な中で、行灯をつけている間はない。

(来る……)

剣呑《けんのん》な雰囲気。しかし、何を使って身を守ったらよいのだろう。どうやって？

(いや、守るなんて考えじゃ駄目だ。怪《あや》しのものなら、捕まえなくっちゃぁ)

分かってはいたが、やり方はとんと思い浮かばない。いよいよ寝間の襖《ふすま》の前まで来ていた。

そこでぴたりと止まる。

若だんなの目が、襖の方向に吸い寄せられた。部屋の中は重く黒い闇だが、外には月が輝いている。廊下には板戸の隙間《すきま》からこぼれてくる僅《わず》かな明かりもあるだろう。襖が開いたら、その少しばかりの光が見えたら、若だんなは布団の上で飛び上がってしまいそうだった。口の中が渇く。

(怖い……)

立って自分から襖を開けるべきか。いつか来るその日に、この長崎屋を支えるつもりならば、夜着の内で震えてばかりではいけないのだ。多分、きっと……。

若だんなが歯を食いしばった、そのとき。

「ひえええええっ」

鋭い声が真っ暗闇の中を突き抜ける。

「なっ、なんだい?」

心の臓がひっくり返った気がした。

若だんなは死にものぐるいで立ち上がると、声の方へ歩む。手を伸ばしいつもの部屋の襖に触れ、一気に引き開けた。

「あ……れ?」

廊下には何者もいはしなかった。もっとはっきりと見たくて、急いで庭に面した板戸を開ける。月明かりに浮かんできたのはいつもと変わらない、余りにも静かな離れの夜だった。

怪しげな影はない。妖たちもおらず、そのまま暫《しばら》く待っても、手代たちすら姿を見せなかった。

「……奇妙だねえ」

若だんなが口元をゆがめる。心の臓はまだ、耳に音が聞こえそうなほど早く打っている。

「あれだけ頓狂《とんきょう》な叫び声がしたんだ。仁吉や佐助がどうして飛んでこないんだい？」

母屋《おもや》からですら人が見にきそうな程の声に、二人は反応を示さない。仁吉たちが寝起きしている部屋は、廊下の先で暗い闇に包まれ静まったままだ。

（大妖が、寝ていて騒ぎに気がつかないという訳もなし）

若だんなはしばらくの間、見通せない何かをじっと見つめているかのように、夜の中に立ちつくしていた。

3

その翌日から、若だんなは何とも奇妙な行いをするようになった。

薬種問屋や廻船《かいせん》問屋のあちこちに顔を出しては、そこで襖絵をなぞったり、水盤に手を突っ込んだりし始めたのだ。

「ぼっちゃん、お腹がお空《す》きになったんですか。虫塞《ふさ》ぎにおやつでも出しましょうか」

「ご飯が食べられないと困るから、今はいいよ」

台所で水桶にまで手を出したので、乳母やのおくまに気遣われて、若だんなは苦笑を返した。しかし金魚鉢に手を突っ込む猫のような仕草を、止《や》めはしない。次は廻船問屋の方に回り、人足や店の者が荷を仕分けしている奥の板間で、筵《むしろ》をめくり出す。

「おや、若だんな、どうなさいました。筵は埃《ほこり》っぽい。咳が出ますよ」

番頭が心配の声をかけてくる。土間にいた松之助や女中のおまきまで、怪訝《けげん》そうな顔をしている。若だんなは笑って言葉を返した。

「いやね、離れで箱庭を作っていたのだけど、池にしていたギヤマンの酒杯を、どこぞへ無くしてしまったのさ。この中に紛れていないかと思ってね」

若だんなの言い訳に、少し離れたところで荷の数を確かめていた佐助が、目を細めて振り向いてきた。離れに箱庭なぞ無いことを承知しているからだろう。しかし、若だんなはそれに構わず、せっせと筵に手を差し入れている。

「ギヤマンですか。そんなものが筵に挟まっているとも思えませんがね」

番頭が首を傾《かし》げて若だんなの方にやってきた。そのとき。

「あっ……」

土間にいた者の目が大きく見開かれる。筵の端から、二寸以上もある酒杯が転がり出てきたのだ。碧玉色《へきぎょくいろ》をしていて、何とも美しい。

「何だってこんなところに……」

番頭はぽかんと口を開けて驚いている。若だんなは水を固めたような酒杯を拾い、

「やあ、見つかった。ありがとうね」

そう言うと板間を出て離れに向かった。その顔が幾分か晴れて明るくなっている。酒杯と共に、謎《なぞ》の答えが転がり出て来たのだ。

部屋に戻るなり、手近にあった盆を文机《ふづくえ》の上に引き寄せ庭と定める。その上に池である酒杯を置く。筆架を岩に見立て、兎《うさぎ》の形の水滴を配すれば、何とか野の池に獣が遊ぶ図に見えなくはない。

酒杯に水差しの水を注いだ。

「これで池に魚などいたら、おもしろいだろうね」

そう言うと、後はじっと水面を見つめた。そのまましばし。

風もない部屋の中で、水の表は少しずつ揺らいで波を作り始めた。程なく素早い魚の影が、底を泳いでいる様子が見て取れるようになる。酒杯は短い間に、若だんなの思うとおり、本物の池となったようであった。

(やっぱり……か)

酒杯がある筈だと若だんなが言えば、ギヤマンが筵から転がり出てくる。池にすると言えば波が立つ。月の影が桶《おけ》から摑《つか》みだせた事といい、尋常の内では考えつかないことだ。盆に作った庭の前で座り直した。

(私は誰かの夢の中にいるんだね)

それが若だんなが出した結論だった。

以前、何という本だったか怪談実記という本で、海神のわざか、大蛤《おおはまぐり》の成せる虹《にじ》を見し事、という話を読んだ覚えがある。

蛤の見せる蜃気楼《しんきろう》の中に、夢のような楼閣城市を見るのだ。幻の世はさぞや美しく、かくあれかしと思ったままの、虹のごとき場所なのだろう。

一見いつもと変わらない今この毎日も、奇妙に都合よく普段の日々とずれている。手代たちがどうにも変なのも、あれは夢を見ている主が思い描いている、兄やたちの姿だからだ。二人は傍目《はため》には普通の人なのだから。鳴家たちや屏風《びょうぶ》のぞきがここにいないのも、その存在を夢の主が知らないせいだ。

(しかしこの夢は色々な事が、かなりなところ私に甘く出来ているよね。してみると、夢の主は身近な者だ。でもそれにしちゃあ昨夜の出来事は何とも怖かったが……)

とにかく分かったからには、このまま夢の内に居続ける訳にはいかない。浦島太郎ではないが、あまりに長い間桃源郷のような場所で遊ぶと、帰るところを失ってしまいそうだ。

(戻るためには誰の夢の内にいるのか、確かめなくっちゃね)

一体いつ、何の拍子にこの、いつもと似て非なる日々に巻き込まれてしまったものか。若だんなは顔をしかめると、酒杯の中の水を庭にこぼした。

4

「自分の事を、あんな奇妙な姿に思うわけはなし、仁吉や佐助の夢じゃない。二人を妖《あやかし》と知らない誰か、つまり人の夢だね」

もうすぐ八つになるあたりの柔らかな日差しの下、若だんなは寝間の障子を開け放って、文机の前に座っていた。広げた紙に筆を走らせている。

紙に書かれていたのは、夢を見ている主の候補だ。そこにはたくさんの名が書き連ねてあったが、既にかなりのものが墨で消されていた。

(三春屋の栄吉なら、こんな訳の分からない夢は見ないよ。親の夢でもない。私がひ

弱なままだからね)

ああでもない、この者でもないと、名を絞ってゆく。残ったのは長崎屋住まいの奉公人たちと、たまたま船の入港で来ている、昔なじみの水夫《かこ》や人足たちだ。

「さて、これからが大変だよ」

若だんなの口からぼやき声が漏れる。大分名を削ったものの、夢の主の候補はまだ何十人といたからだ。

(私はこの夢から好意を感じるんだけど)

だが薄気味悪いこともあった。

(夢の主は二つの正反対の気持ちを持っているのか? この夢を見ているのは、どういう者なんだろう)

眉間《みけん》に皺《しわ》を寄せ一心に考える。

そのとき。ふと気になって庭を眺めた。つい今し方と比べて、何かが違うような気がしたからだ。どういう事がとははっきり言えなかったものの、肌を粟立《あわだ》てる何かがそこにある気がしてくる。若だんなは日の下の中庭に目を凝らした。

(例えば朝より木が一本多いとか、大石が増えているとか、影が一つ、有るべきでない所にあるとか……)

向き合っていて見えているのに、己はそれに気がついていない。そんなものが目の前にいるように思えるのだ。庭に背を向けた途端に、それは若だんなの喉笛《のどぶえ》をねらって飛び出してくるに違いなかった……。

(先《せん》の夜に来た気味の悪い奴《やつ》だろうか)

暫く庭を見たまま動けなかった。そんな己が馬鹿馬鹿《ばかばか》しいと思える。どうでも用心しなければ命が危ない気もしていた。

不意に若だんなの目が見開かれる。緊張が解けていった。

「あれ、兄さんじゃないか。離れに来るとは珍しい。どうしたの?」

台所の方から庭先に現れた兄に、若だんなは笑みを向ける。手招くと、松之助はおずおずと近寄ってきて縁側に腰を掛けた。

「こ、これは済みません」

若だんなが己の茶と一緒に、松之助の分も淹《い》れて出すと、松之助は益々《ますます》堅くなった様子でかしこまる。それきり黙ってしまったものだから、茶筒に入っていた干菓子を勧めながら、自分の方から話し始めてみた。

「兄さん、もう店に馴《な》れた? なにか不自由なことはない?」

「本当に良くしてもらっていますから……ありがたいばかりで」

松之助は下を向いて、若だんなと目を合わせようとしない。だがわざわざ離れに来たからには、聞きたいことがあるに違いなく、若だんなは兄の顔をのぞき込んだ。正面切って見つめられて、松之助はやっとその口を開く。話題は思いも掛けないものだった。

「あの……若だんな、その、女中のおまきに蒔絵《まきえ》の櫛《くし》を贈ったのは、若だんなですよね」

「おまき？　蒔絵の櫛？」

言われても咄嗟《とっさ》には、返事が出てこなかった。瞬《まばた》きを何回か繰り返した後、若だんなは「ああ」と言って、にっこりと笑みを浮かべた。

「おまきが頭に挿している赤い櫛のこと？　うん、私があげたんだ」

簡単に答えを返す若だんなに、松之助は更に問いを重ねる。

「それでその……何でおまきに櫛をあげたのか……伺ってもいいですか。いや、大きなお世話かもしれないが」

聞いている内に、また視線が下がって下を向く。その赤らんだ顔をじっと見つめながら、若だんなはにやっと笑い、あっさりと理由を言った。

「あれは元々、おっかさんの櫛だったんだ。だけど櫛の歯が一本、途中で折れてしまってね。おっかさんがもういらないと言ったとき、たまたま側で聞いていたおまきが、もったいないと惜しんだんだよ。綺麗《きれい》な花が描かれていたからね」

奉公に来て二年の女中にとって、大店のおかみが持つような赤い蒔絵の櫛は、手の届かないあこがれの品だ。歯欠けでも髪に挿してしまえばそうとは分からない。若だんなはまじめに働くおまきに、その櫛をあげたのだ。

「櫛のことが気になるの、兄さん」

「いや、若だんなのやることに、口を挟むつもりはまったくないんです。あたしは……」

「兄さんの気になっているのは、おまきかな」

「あ、あたしはなにも……そんなことは……」

どうにもしどろもどろになった兄の方に、若だんなは笑みを向けている。しかしその顔は何とはなしに悲しそうで、少しばかり怒っているようでもあった。

「おまきは素直な、気働きの出来る良い子だもの。兄さんがかわいいなと思う気持ちは分かるよ。悪いことじゃないさね」

「わ、若だんな」

すぐ隣でぺらりとそう言われ、縁側で松之助は真っ赤になっている。

「でもね」

若だんなの話は続いた。声に厳しいものが混じっている。

「兄さんだっておまきに負けないくらい、真面目《まじめ》で働き者なんだよ。本当に良くやってくれている。だから」

松之助の方に手が伸びた。その胸ぐらをしっかりと掴む。

「だからいくら気になる娘がいるからって、兄さんはこんな忙しい時刻に仕事を抜けて、離れにやってきたりしない。ゆっくり茶を飲みながら相談事などする人じゃないのさ」

「あ、あたしゃぁ、そんなつもりは」

焦《あせ》った声の松之助が逃れようとする。若だんなは着物を握りしめた手を離さなかった。

「お前は兄さんじゃない！　本性を現しな！」

大声が引き金となったのか、手の中の松之助の姿が、ぽんと弾《はじ》けた。

砂のごとく細かくなり、僅《わず》かな風にそよぐと、さらさらと流されて姿を消してゆく。手妻《てづま》を見ているかのようだ。縁側にいる若だんなの目の前には、松之助に出した湯飲みだけが残されていた。

「さて、夢の中にいるというのは、妙な心地のものだよ」

若だんなは松之助を摑んでいた手を細かく気味悪げに左右に振る。何やら分からぬものを握っていたという感触は、ぞくりと冷たいものであった。

「だがこれで分かった事もある。兄さんを出してきたということは、この夢の主は水夫や人足じゃぁないね」

松之助は長崎屋にやってきて、まだ二月ばかり。遠方から戻ってきたばかりの水夫たちとはまだ馴染《なじ》みが薄く、夢に出す程知ってはいないはずだ。

「残るは妖ではない奉公人たちか」

若だんなが考えながら盆に湯飲みを乗せていると、

「片づけものですか。あたしがやりましょう」

庭先から声がかかった。見れば佐助が菓子鉢を抱えて、母屋《おもや》の方からやってきている。八つ時の菓子を持ってきたらしい。何故《なぜ》だか分からないが佐助が現れると、庭の景色がまた変わったように思えた。

（どういうことなんだろう）

最近分からない事が多すぎる。だが奇妙に真っ当になってしまった妖とは、どうにも話がしづらかった。しかたなく若だんなは、おやつに手を出しながら己で考える。

今日の甘味は胡桃《くるみ》の入った宗及餅《そうきゅうもち》だ。

「若だんなは一人でいた方が、具合が良さそうですね」

食欲があるのを見て、佐助が三日月のような口をして笑っている。その目がふと、文机《ふづくえ》の上の名が書かれている紙に落ちた。何が面白いのか、口が裂けそうな妖の笑みは、一層凄《すご》いものになった。

「名前がどうかしたのかい？」

問うてみたが佐助は笑うだけで、それ以上口をきかない。

（なんだい、隠し事かい？）

若だんなはすねてそっぽを向く。その間に佐助は冷たくも、さっさと仕事に戻ってしまった。

5

（夢の中のいけ好かない兄やたちとは、早くにさよならしたいものだ）

手代に置いてきぼりをくらった若だんなは、思い切りむすっとしていた。元の妖だらけの毎日が心底懐《なつ》かしい。早くいつもの暮らしに戻りたいと、文机の前でまたせっせと夢見ている主を捜し始めた。

「兄の幻は、おまきが櫛を貰《もら》ったことを知っていたよ。夢の主はあの櫛を気にしている訳だ。奉公人たちの内、さて誰が気にかける？」

おまきは自分から貰い物のことを、自慢して歩く娘ではない。

(台所の女中かな？　でも櫛のことだけじゃなく、兄さんの気持ちも知っていなくちゃね)

両方分かっていたのは、誰だろう。

(乳母やのおくまなら……でも兄さんとはあまり顔を合わせちゃぁいない。番頭さんはどうかな。兄さんの気持ちには気がついても、櫛の出所は知らないか)

一人消し二人消し、最後までいって、名前の山を前に若だんなは、しばし言葉が出なかった。

「ちょっと待っておくれよ。誰も残らなかったじゃないか」

見事に全部の名の上に、墨で線が引かれている。若だんなは、「書き漏らした名はないか」紙と睨《にら》めっこすることとなった。

「おまきと兄さん、両名のことをよく知る者がいるはずなんだ……」

そのときふと、二人の事を一番詳しく知る者は誰か、若だんなは気がついた。

「兄さんか、おまき自身……だよね、やはり」

二人の内、どちらかの夢。だからこんなに、若だんなに都合の良いことが続くのだろうか。

「それが真相なのか……」

しかしそれなら、時折感じるあの薄気味悪さは何なのだろう。

(兄さんにしろ、おまきにしろ、私に害心を持っているとは思えないよ)

大体二人とも普通の人であるのに、どうやって人をも巻き込む、こんな夢を見られたのかが分からない。

(でも見るとしたら、兄さんの方かな)

おまきが若だんなを夢に巻き込む理由を思いつかない。兄ならば色々思うこともあるだろう。若だんなは文机の上に両の肘《ひじ》をついて、手でほおを挟み込みため息をついた。

そのとき、首筋の毛が逆立った。また例のひやりとする感覚が戻ってきていた。

(側《そば》にいる。近い!)

考えにふけっていて、気がつかなかったのだ。振り返ったとき、それは既に開け放たれた縁側から、若だんなに飛びかかってきていた。

「ひっ」

短い悲鳴と共にひっくり返る。顔を塞《ふさ》がれ、のし掛かってきているものの正体すら見えなかった。足が文机をけっ飛ばす。自分より遥《はる》かに体の大きい〝何か〟に押されて、部屋の隅にまで押しやられてしまう。

（げふっ、獣臭いよ）

息が詰まって涙が出てきそうだ。喉《のど》を絞められている気がする。振り回した手が、隅の小簞笥《こだんす》に当たって酷《ひど》く痛かった。

（苦し……い！）

指が簞笥の金具を引っかける。手を引いた拍子に、引き出しが大きく引き開けられた。

「ぎゃっ」

中身が見えた途端、短い声がした。僅かに体が軽くなり、息が楽になる。

（あ……入れてあったのは、護符か……！）

五十枚一束二十五両、ありがたいと坊主《ぼうず》の保証付きの、妖封じの品。以前、付喪神のなりそこないと対決したとき、上野の寺からいただいたものだ。使い切らずに残っていたのだが、鳴家《やなり》が怖がるので簞笥の奥にしまっていた。

そう気がついた直後、「ごきんっ」という、大きな音が部屋に響く。驚いて前を向くと、突然目の前がよく見えるようになっていた。

「えっ？」

起きあがると、既に気配すらなかった。

部屋には若だんなしか残っていない。ひっくり返った文机と獣臭さが、真っ昼間から夢を見ていたのではないことを告げている。息があがっていて、じわじわと怖さが染《し》み出てきた。

（今の奴《やつ》、妖《あやかし》だよね。一体何で妖が私を狙《ねら》うんだ？　首を絞められた……）

畳に両手をつき、散らかった部屋を力なく眺める。

（これも夢か？　兄さんがこんな事を望んでいるというのか？　いや違う。絶対に違う！）

望めば願い事の叶《かな》う蜜《みつ》のような世界と、突然に降ってきた恐怖の一時が、どうにもちぐはぐに思えてしかたない。

（おかしい……。それに最後に聞こえたあの〝ごきんっ〟という音は何だ？　何故〝何か〟は突然消えたんだろう？）

若だんなが考えにのめり込んでいるとき、突然襖《ふすま》が開かれた。咄嗟《とっさ》に喉元を庇《かば》い顔を引きつらせる。現れたのは、久しぶりに見る手代の仁吉だった。

「どうしました。大きな音がしてましたけど」

転がった文机を見下ろしている。その目がちらりと若だんなの方を向く。だが部屋の中がひっくり返っているというのに、いつもあれほど心配性な仁吉が、驚くほど冷静だった。

「寝ぼけて机を蹴飛《けと》ばしたんですか。硯《すずり》が転がっている。着物に墨が付きますから、掃除を終えるまで近寄らないで下さいね」

兄やのあまりの落ち着きに、隅の柱に寄りかかった若だんなは声もない。先ほどの〝何か〟よりも、己の前で掃除をしている仁吉の方がよほど面妖《めんよう》で、如何《いかが》わしささえ感じられそっぽを向いた。

(よく考えればこれも変な話だよ。あれだけ私に甘いと有名な仁吉たちの振る舞いが、他人から見ればここまで冷静に見えるのかね?)

兄にしろおまきにしろ、店に来てからの日は浅いが、他の奉公人たちから、甘い甘い兄やたちの噂《うわさ》を聞いていない筈はない。

若だんなの眉間《みけん》に深い皺《しわ》が寄った。

(私は何か考え違いをしているんだろうか。どうにも辻褄《つじつま》の合わないことが多すぎる。

確かに私は月の光を摑《つか》んだし、兄さんは霧か砂のように消し飛んで消えた。だから今は夢の内の筈《はず》なんだが……）

不安が夏の夕立前の雲のように、むくむくと湧《わ》き立ってきている。

（どこで、何を間違ったんだ？）

頭の中で嫌な稲光の警告が光っている。しかし分からないことの答えは、夕立のごとく景気よく降ってはくれなかった。

悩める顔を浮かべた若だんなが、ちらりと視線を掃除中の仁吉の方へ投げた。驚いたことに手代は、こっそりとその口に笑いを浮かべていた。

（えっ？　何だい、今のは）

妙に満足げな笑み。どういうことなのだろうか。

（まいった……。蛤《はまぐり》の見せる蜃気楼《しんきろう》から、虹《にじ》ではない真実を見つけるのは、大変だ）

妖たちは消え、変わってしまった。

不可思議でおぞましいものに、若だんなは狙われた。

仁吉は何やら、秘密の笑みを浮かべている。そう言えば佐助も妙だ。

（さて、私が見極めなくてはならないものとは、一体何なんだろう）

とにかく今若だんながいるこの時が、甘いばかりの極楽浄土のような世界ではないことだけは確かだった。

6

(夢見る主を突き止めるか、私を襲った何者かに備えるか……)

また夜が巡ってきて、既に寝間には床がのべてあった。行灯《あんどん》の柔らかい光が揺れる中、若だんなは今夜も一人で、火鉢の横で考えにふけっている。

(興味は夢の方にあるんだけどねぇ)

だがあの正体の分からない〝何か〟が、若だんなの予定に合わせて、襲うのを待ってくれるとは思えない。どう考えても先に扱わなくてはならないようだった。

「今は妖たちがいないから、なおさらだね」

そうと決まったら暗闇《くらやみ》になるまでに、やっておきたいことがあった。若だんなは小簞笥からありがたいお札を取り出すと、廊下や表の板戸と両脇《わき》の襖に貼《は》り付けた。

(これで〝何か〟は、真ん中の襖から入ってくるしかない)

ただ、護符だけで退治できる相手とも見えなかった。先回護符を見たとき、驚いたが逃げはしなかったからだ。残された対抗手段は、護符と一緒に手に入れた、妖が切れるという守り刀一本、二十五両した代物《しろもの》だ。

「この刀だけが頼りとは。私の腕前を考えると、大いに不安だねぇ」

さりとて他にやりようもなく、しかたがない。若だんなは刀を見ながらため息をついた。

「今まで〝何か〟は二回、突然に気配を消している。理由が分かればいいんだけど」

あの時どうして攻撃を止《や》めて逃げたのだろう。半時ばかりも考えたが、答えは浮かばない。そうこうしている内に、夜は更《ふ》けていった。

はじめは行灯の油が切れかけているのかと思った。

だが大きく揺らいだ火は、ぷつりと灯心を切ったかのように消えてしまう。闇の内に取り込まれた若だんなには、何が起こっているのか分かった。

(あの恐ろしい奴が来るよ)

暗い中、気配が濃くなってくる。先回はすんでの所で若だんなの首を絞め損ねている。今度こそ、きっちりと始末をつける気に違いなかった。

刀を握りしめ、微《かす》かな音と共に鯉口《こいぐち》を切る。一枚だけ護符を貼らなかった襖に向き合って立つ。心の臓がばくばくと大きく音を立てていた。妖らの助けを借りずに何かと向き合うのは、考えてみれば初めてのことであった。

(どうでもやるしかなくなったら、立ち向かえるもんだね)

上手《うま》くいくかどうかは、別の話ではあるが。

(もしかして、しくじったら死ぬのかな)

そうと分かっていても、不思議に怖《お》じ気《け》づきはしなかった。寝込んでばかりの己ではあったが、命をかけての勝負に臨んだのは、これが初めてではない。

(これも経験の内かね)

腹を据えて闇に目を凝らす。頭から雑念を放り出し、指先に僅《わず》かに力を込める。

襖の向こう、廊下に何かがいた。若だんなとは今、ほんの二間ほどしか離れていない。微かに音がした気がする。襖にあやつの手がかかった所だろうか。そうして、今にも……。

(来た……)

襖が開いた。

途端、山のように多くの気配が飛び込んできた! 「うわあぁっ」驚いた若だんなが、闇の中でひっくり返る。

体がふわりと浮いたかと思うと、ずいと後ろに引っ張られる。何かが目の前をかすめて横切った。

「護符がっ、護符がっ」

甲高い声と共に、両脇の襖が倒される。

「そっちだ！」

「まだだよっ」

雪崩《なだれ》のような足音が交錯する。息づかいと物がぶつかる様子。何かが転がり、倒れている。獣臭さが不意に近寄ってきたかと思うと、それは直《す》ぐに遠のいた。

「畜生っ！　畜生っ！」

暗闇に響く声が、どん、ごん、という低く腹に響く音の後で、ぴたりと止んだ。

「殺すでないよ」

落ち着いた声が、目の前にあっても見えていない騒動を締めくくった。この夜には何とも似つかわしくない艶《つや》のある響きで、若だんなはその声の主をよく知っていた。

（まさか……）

一寸先も見えない闇の中で、驚くような考えが、くるくると頭の中を巡る。だがあて推量ばかりをしていても、らちが明かない。平静に聞こえるよう祈りながら、座ったまま声を出した。

「終わったのかい。だったら明かりをつけておくれ」

小さく火打ち石を打つ音がする。程なく行灯の柔らかい明かりが夜を退けて、若だんなの目に事実を見せた。

「これは見事に、皆が揃《そろ》ったもんだね」

十畳ばかりの寝間は、消えたはずの馴染《なじ》みの妖たちで埋め尽くされていた。山ほどの鳴家たちの間に、野寺坊やふらり火の姿も見える。獺《かわうそ》や鈴彦姫《すずひこひめ》、猫又などは久しぶりの顔だった。若だんなの後ろに屏風《びょうぶ》のぞきがいるところをみると、先ほど後ろ向きに若だんなを引っ張ったのは、この妖に違いなかった。

そうして集まった妖たちの真ん中で、佐助や、先ほどの声の主の仁吉が、何やら獣のようなものを押さえ込んでいた。用意してあったらしい紐《ひも》で幾重にも巻かれているのを見てみれば、大層大きな赤い毛の狐《きつね》のようであった。

若だんながしげしげと眺めているのを見た佐助が、縛り上げる手を休めずに子細を話し始めた。

「こやつは名を暗紅《あんこう》といい、皮衣様《かわごろも》、つまり若だんなの祖母君おぎんさまが、荼枳尼天《だきにてん》様にお仕えするとき連れて行かれた眷属《けんぞく》、狐の一匹だったのです。だが、神に仕える身でありながら、人に悪行をいたしましてね」

そのことがばれて、神の庭にいられなくなった。皮衣からもきつく叱責《しっせき》を受けて恨みを抱いた様子だったが、仕返しをするだけの力が暗紅にはない。

「それでこやつは、皮衣様の孫にあたる若だんなを葬《ほうむ》ることで、憂《う》さを晴らすことにしたらしいのです」

皮衣が人である孫を、わざわざ妖《あやかし》の守りをつけて大切にしていると知ったゆえらしい。そうと察した皮衣から、佐助たちに警告がもたらされたという。

「力は大したことはないが、何しろ逃げ足の早い奴《やつ》ということで、用心していたのです。だが二回も取り逃がしてしまいまして。今夜こそ逃がさぬ構えで、皆であたったのです。いや、捕まえられてようございました」

暗紅の体が縄で出来た筒のようになったとき、それを待っていたかのように、薄暗い天井からにゅうと手が伸びてきた。そのまま体が現れ、逆さになったまま暗紅をつかみあげたのは、貧乏くさいなりの大妖《たいよう》、妖の内ではこの者ありと言われる見越《みこし》の入道だった。

「ようよう捕まえたかえ。これはわしがもろうて行こう。皮衣どのが気にしておいでじゃったからの」

吸い込まれるように暗紅が天井に消える。だが見越の入道のにやにや笑いは頭の上に貼り付いたまま、なかなか消えなかった。

「残念じゃのう、もう行かねばならん。これから面白いことになりそうなのだが」

そう言って、人の悪い笑みを真下に向けている。その笑顔の先には、口をへの字にして厳しい目つきをした若だんなが、上を見ながら立っていた。

「妖たちをそう責めるでないぞ。皆お前さんを心配していたのじゃ」

「心配したから皆で隠れて、私をからかっていたんですか？」

だんだん声が低くなって行く若だんなを見て、見越は一層嬉《うれ》しそうな顔を作った。

「もう消えねばの。惜しいかな。後で話を聞かせろや、犬神、白沢」

そう言うと大妖の大笑いが、天井の闇に吸い込まれる。それを合図に若だんなの怖い顔が、妖たちと向かい合った。

「それで？　暗紅が私を狙《ねら》うと、何で皆が姿を消すことになるんだい？」

不機嫌という字を、襖《ふすま》一杯の大きさに書き伸ばして、顔に貼り付けた様子だ。若だんなの怒りが並でない様子に、部屋の内の妖たちは黙り込む。

一人口を開いたのは仁吉だった。腕を組んで、真っ直ぐに見返してきているその顔は、相変わらずの男っぷりだ。どう見ても、僅かばかりも悪いとは思っていない様子だった。

「若だんなが危ないと聞いて、あたしは直ぐに、他出《たしゅつ》しないで下さいと言いました。なのに口では分かったよと言いながら、直後に三春屋に行ってしまった」

「……だって、お前は暗紅の話などしなかったじゃないか」

若だんなの声が少しだけ弱くなる。仁吉は更に言いつのった。

「言っても同じ事ですよ。誰かが狙っていると知ったとて、長いこと離れに大人しくしておれない。我慢できないでしょう？　だから一計を案じたんです」

「つまり、若だんなの周りから妖たちをわざと引かせて、暗紅を呼び寄せた。早々に決着をつけることにしたんで」

話を結んだのは佐助で、こちらもけろりとしている。

「今度のことは、暗紅をはめる罠《わな》だったのか。それで二度、あいつに襲われたんだね」

「ちゃんと助けたでしょう？　若だんなのことが気にかかって、暗紅を逃がしちゃいましたけどね」

あっさりと仁吉に言われて、若だんなは渋い顔を作り直した。

(訳が分からなくて、私はとんでもなく怖かったんだよ！)

そう怒鳴ってやりたい所だが、さすがにこれは見栄が邪魔して口に出せない。

「それにしたって、仁吉、佐助、二人とも態度が変だったじゃないか。私は蛤《はまぐり》の夢に取りこまれたから、他人の夢のままにお前さんたちが変わって見えたのだと思ったよ！」

「この機会ですからね。少しは我々のありがたみを、心に刻んでいただこうと思いまして」

「そ、それであんなお芝居をしていた訳かい」

怒りで顔が赤くなってくる。心底いつもの妖たちが恋しかった己が厭《いと》わしい。

「もう知らないよっ」

怒った若だんなが妖退治の刀を鞘《さや》ごと振り回す。逃げたのは鳴家《やなり》たち小妖《こよう》ばかり。肝心の手代たちは平気な顔で、あっさりと刀を取り上げる。余計に若だんなはいきり立った。

「いくら一杯食わせようと思ったからって、あんな幻まで見せることはないじゃないか」

この言葉に、仁吉は首を傾《かし》げた。

「何ですか、幻って？」

「月の光を水からすくえたり、ギヤマンの酒杯が筵《むしろ》から出てきたことだよ。その中で魚が泳いだり、兄さんの幻が現れれば、夢かとも思うよ。どうしてあんなに手の込んだ仕掛けをしたんだい？」

若だんなに言われて、部屋に座り込んだ妖たちが顔を見合わせている。

「あたしらは暗紅を捕まえるのに忙しくて、そんなことまではしていませんよ」

鳴家たちが言えば、仁吉も首を縦に振る。

「大体、松之助さんの幻って何なんです？」

若だんなが何と説明しようかと、寸の間《ま》黙ったとき、思わぬ向きから返事があった。

見れば屏風のぞきで、その顔はどうにも思案げだ。

「あたしはこの屏風の中から見てましたよ。松之助さんが縁側で若だんなと話をしていた。そう思った次の間に、その姿が砂か霧のようにさらさらと流れて消えたんで」

そのときは手代たちか見越のやったことと、思ったという。仁吉たちの顔に、揃っていぶかしげなものが浮かんでいた。

「そういえば、若だんなは奇妙なことをなさっていましたね。船荷の筵の中から、見たことのないギヤマンの酒杯を取りだしていた」

佐助も不思議を思い出し、話は思わぬ方向に流れ出した。

「あれもお前さんたちがやったことじゃないの？」

こう聞かれて、手代たちはきっぱりと首を振る。どうやら一連の不思議だけは、本当にあった様子だ。

「私は妖たちのたくらみの最中に、時々不可思議な夢の世を見ていたってことかい」

こういう話になるとは思いもよらなかった。

「全部が兄さんかおまきの夢かと思っていたんだけど。まさかお前さんたちが奇妙なお芝居をしているとは思わなかったし」

まだ妖たちに対して怒りが解けない若だんなは、ぶつぶつとぼやいている。その言葉に佐助が引っかかった。

「若だんな、松之助さんの夢と疑ったのは分かりますがね、何で女中のおまきなんです？」

「だってさ、櫛《くし》のことがあったから」

若だんなが説明をしようとしたそのとき、

「ああ、櫛のことを忘れていた」

のんきな声がして、鳴家の一匹が懐《ふところ》から赤い櫛を取り出す。歯が一つ、欠けていた。

「その櫛、どうしたんだい？」

驚いた若だんなの言葉に、鳴家は荷の横に落ちていたと答える。

「誰かの落とし物か、船荷に紛れてどこぞから運ばれてきたのか」

とりあえず鳴家は拾っておいたのだ。

「おまきの持っていたものに似ているね」

佐助が手に取るが、同じものの筈《はず》はないという。

「おまきはまだ、下総《しもうさ》から帰っていませんからね」

その言葉に若だんなが振り向く。佐助を見つめながら、ゆっくりと驚きに包まれてゆく。

「まだ帰ってきていない？　でも……私はあの娘と話をしたよ」

どういうことなのだろうか。己は一体、誰と会っていたのか。いや、おまきと会ったのも夢なのか。

(夢の主は、私がどういうつもりで、この櫛をおまきに渡したのか知りたがっていた。兄さんがおまきの方ばかり見ていたことも、分かっていた)

若だんなの体が震えてくる。それを周りから妖たちが心配げに見ている。

「どうかしたんですか？　若だんな、顔色が青いですよ」

「なんてこった……」

妖たちの声は、今は若だんなの耳には届かないようであった。

（不思議な夢を見た訳は、目の前にあった）

それは知りたくもない答えだった。

7

三日後の夜、若だんなは離れの火鉢の横で、仁吉たちから報告を聞いていた。

「青鷺火《あおさぎのひ》に飛んで見てきて貰《もら》ったのですが、どうやら実家では、おまきは長崎屋に帰ったと思っている様子で」

もう半月も前の話で、女の足でもとうに江戸に着いていなければおかしかった。無筆ではなかったから、病や怪我《けが》で立ち往生していれば、知らせを寄越す筈だ。それがない。

「今、山童《やまわらわ》に街道沿いを見て回らせています。おっつけ知らせが来ましょう。だが……」

仁吉たちが暗い顔を浮かべている。行方の知れなくなった娘の持ち物だけが、不思議にも奉公先に帰ってきたのだ。

「ただの人にそんなことが出来る筈もありません。それでも櫛は帰ってきた。おまきはすでに……この世の者ではないのでしょう」

道中追いはぎに殺されでもしたのだろうか。おまきはそれでも長崎屋に戻ってきたかった。今まで心の底の底に秘めていたことを、聞いてみたかったのだ。

若だんなに。夢の内でも良いから。

(何でおまきに櫛をあげたのか……聞いてもいいですか)

兄の姿で尋ねたのは、どうしても気恥ずかしかったせいか。それとも松之助が己を見てくれていたことを、おまきは亡《な》くなっても忘れずにいたからか。手にしている櫛の端で、火鉢をこつりと打った。その赤い花模様を、手代たちの目が痛ましそうに見ている。

(似合いますか?)

櫛を初めて髪に挿したとき、おまきは頬を染めて若だんなに聞いていた。もっとたくさん褒めてあげればよかったと思う。働き者の娘の笑顔は、夏の朝顔の花のようにさっぱりと明るく、若だんなはその裏に別の気持ちがあるとは、思いもよらなかった。

(ちゃんと気がついた上で、返事をしていれば……)

おまきの思いに応《こた》えられた訳ではない。でもおまきの恋しい気持ちは、櫛をはるか江戸まで送ったのだ。奉公人のことは心得ているなどと言いながら、娘の心に気がつかなかったことが、若だんなの胸の奥を締め付ける。声が震えた。

「情けない。私には何も見えていなかった」

そのとき、寝間の板戸を打つ音がした。佐助が戸を開けて顔を出すと、毛深い童顔の妖《あやかし》が夜の庭に控えていた。

「山童がおまきの亡骸《なきがら》を街道沿いの山中で見つけたようです。今は一番近くの寺に運び込んであるとか」

佐助の言葉に、分かっていたこととはいえ皆黙り込む。若だんなは側《そば》の茶筒を手に取ると、「ありがとうよ。ご苦労様」中身の干菓子を懐紙にくるんで山童に渡した。

「おまきの供養《くよう》は長崎屋でしよう。明日にもおとっつぁんに頼んでみるよ」

若だんなが深く深く息をつく。しばらくはみな、言葉が出てこない様子だった。

だが程なく寝る刻限になる。あまり遅くまで明かりが消えずにいると、母屋《おもや》から人が様子を見に来てしまう。若だんなが赤い櫛を懐紙でくるんで文机に置いた。

「後でこれも一緒に供養してもらおう」

仁吉たちは布団《ふとん》を敷き、寝支度を整えると、最後にもう一度若だんなに釘《くぎ》をさしてくる。おまきを哀れには思っても、やはり妖たちにとって何を差し置いても大事は、若だんなのことだった。

「若だんな、今度の暗紅の件で懲りましたでしょう？　これからは少しはあたしたちの言うことを聞いて下さいまし。また何か良からぬ奴《やつ》が現れるかもしれませんからね」

手代の方を向いた若だんなの口が、にやりと久しぶりに笑いの形を作る。それを見た妖たちが、不安げに一斉にざわめいた。

「今度の騒ぎは大変だったけど、一つ良いことがあった。私は随分大人になったんだよ。そりゃぁまだ、商売で自立するには早いけれどね。もう子供じゃないんだから命令しないでおくれ。一人で大丈夫さね」

はっきりとそう言うと、若だんなはぷいっと妖たちから顔を背け、寝床に潜り込む。どうやらまだ腹の内が収まっていないと見て、妖たちが泣き言を漏らし出す。

「嫌ですよう。怒っては嫌ですよう」

「あたしは仁吉さんたちの企みには、反対したんですがね」

「何でまだ怒っているんですか」

わいわいと勝手な言葉が飛び交う中、若だんなは夜着の内で、微《かす》かな笑いを嚙《か》み殺している。久しぶりの妖たちとの会話は、しっくりと肌に馴染《なじ》んで嬉《うれ》しいものだった。

ただ……。

(私は……私は本当に、もっと大人になりたい。凄《すご》いばかりのことは出来ずとも、せめて誰かの心の声を聞き逃さないように)

夏の朝顔の花のような笑みが、まぶたの裏を過《よぎ》った。どう言葉を返していたら、良かったのだろう。おまきに惚《ほ》れてはいなかった。しかし本当に良い娘だと思っていたのだ。

(私のような子供には、上手《うま》い返事など端《はな》から出来ない相談だったのかな)

返す言葉が浮かばないのが、子供の証拠なのか。

(どうしていれば……どう言えばよかった？)

赤い櫛と笑顔が、また浮かんで消えた。

(いつかきっともっと大人に、頼られる人になりたい)

何かやりようはあるはずだ。

(妖たちに頼ってばかりでないように)

そんな若だんなの心の内が分かったのか、二人の手代が何やら不安げな顔を向けてきている。我慢が出来なくて若だんなは思わず、半分泣いたような笑い声を立ててしまった。

月を背負った夜は、ゆっくりと更《ふ》けてゆくのだった。

解説　見えない世界に魅せられる楽しさ

藤田香織

小説を読む楽しみのひとつに「主人公に自分を重ね合わせる」ということがあります。自分の日常に極めて近い世界を別の角度から描いていたり、過ごしてきた時代やよく知っている事件を舞台にした小説には、ついつい親近感を抱いてしまうもの。生まれ育った場所が小説の舞台になっていれば、ちょっと照れくさいような懐《なつ》かしいような不思議な気持ちにもなるし、主人公が自分と似たような経験をしていれば共感にしろ、反発にしろ、何らかの感情を抱かずにはいられません。大ベストセラーになる作品に青春小説や恋愛、家族小説が多いのは、読者にとって日々の暮らしとさほど遠くない世界である＝多くの人がイメージしやすい＝共感しやすいから、と言っても過言ではないはず。

その一方で小説には「自分の知らない世界を体感する」という楽しさもあります。SFやファンタジー、といったジャンルに分類される物語の多くは、今、私たちが生きている現実とはまったく違う(とも限らないけど)未知なる世界が舞台。想像力を働かせて読み進む物語には、無限の広がりがあります。けれど、それは日常に近い小説に比べて、作者の力量による部分が多い。見たことのない世界を読者に「見せる」ためには、まず作者の頭の中にその世界がきちんと描かれていて、尚且《なおか》つ提示できるだけの筆力が要求されるのです。ありえない、と分かっていても白けさせず、呆《あき》れさせず、読者を魅了することは、容易なことではありません。

畠中恵さんの「しゃばけ」シリーズは、こうした意味において、明らかに後者に属する作品です。二〇〇一年に第十三回日本ファンタジーノベル大賞の優秀賞を受賞した『しゃばけ』に始まり、本書『ぬしさまへ』(〇三年五月刊)、『ねこのばば』(〇四年七月刊)、『おまけのこ』(〇五年八月刊)と、現在まで四冊が刊行されているこのシリーズ。ひとことで説明するならば、「お江戸日本橋」の大店《おおだな》・長崎屋の若だんな一太郎が、彼を見守る妖怪たちの力を借りつつ、江戸を騒がす難(怪)事件を解き明かしていく、となるわけですが、その魅力はこんなわずか二行に満たない文字数ではまったく伝えられません。面白い小説というものは、粗筋=物語の骨組みだけでは決して語り尽くせないものですが、「しゃばけ」シリーズはまさにその代表的な存在。フアンタジー＝空想、幻想、夢を意味するとおり、骨組みの周囲にある肉付けと、そこから放たれる空気感で、怪しくも愛しい世界をきっちり読者に「魅せて」くれるのです。

まず、最初に目にとまるのが、平成の世に生きる私たちには遠い世界でしかない江戸の町の描写。日頃から時代小説やこの時代の文献に接している人以外には、漠然としか思い浮かべることのできない江戸の町の風景を、畠中さんは読者の頭の中に少しずつ、具体的に積み上げていきます。例えば本書の書き出しに近いこんな場面。

〈廻船《かいせん》問屋兼薬種《やくしゅ》問屋の長崎屋は、桟瓦《さんがわら》の屋根に漆喰《しっくい》仕上げの壁、間口が十間《けん》もある土蔵《どぞう》造りの店で、隙間《すきま》風とは縁がない。江戸十組《とくみ》の株を持つ大店なのだ〉

私は長崎屋が「大店」だと言われても、江戸の世でどれほどの規模だと「大店」になるのかなんて見当もつかない浅識ですが、これを読めば「ええと、一間は約一・八メートルだから、十間ってことは十八メートル？ そりゃ広い！ 江戸十組の株？ ……なんだかよくわからない（後で調べました）けど、そりゃ凄《すご》そう！」と長崎屋が少し「見える」ようになる。同様に、ネオンなどあるはずもない夜の闇《やみ》の深さも、人の足で移動するより他にない町の距離感も、通りの賑《にぎ》わいも、行き交う人々の装《よそお》いも、次第にはっきりと、色濃く頭の中に描けるようになる。しかも、ごく自然に。

こうして読者の脳内に江戸の町を丁寧に構築したところで、一太郎を中心に、キャラクターたちが登場してくるのですが、ここにもまた著者ならではの心配りが随所に見られます。

「しゃばけ」シリーズの特徴は、微力な人間（一太郎）と怪なるものの共存であることは明白ですが、古今東西、怪しき物たちが人の暮らしに関わりあってくるという作品は、決して少なくありません。現役で活躍している人気作家の作品にもありますし、漫画や映画の世界でも珍しくない。恐らく、本書を手にとられている読者の方々も、そうしたいくつかの作品を思い浮かべることができるでしょう。実は私自身も『しゃばけ』を最初に手にとったとき、真っ先に漫画家・今市子《いまいちこ》さんのヒット作『百鬼夜行抄』（朝日ソノラマ）を連想しました。「若だんな」は『百鬼夜行抄』の主人公・律に劣らぬ美少年だし、傍らに侍《はべ》る仁吉と佐助の役割は、律に仕える尾黒と尾白に重ならなくもない。時代こそ違えど、よく似た設定だなぁと。

けれど、このとき、漫画家としても活動されていたという畠中さんの経歴を知り、これは面白そうだな、と感じたのもまた事実。九〇年代の半ばから連載され、当時既に単行本人気も高かった『百鬼夜行抄』を、同じ業界にいた畠中さんが知らなかったはずはない、と思ったのです。先行作品に「似ている」と読者が感じることは、単純に考えてもリスクは少なくないはず。それでもあえてこの設定で小説を書くからには、当然相当の覚悟があるに違いない――少々イヤらしい見方ですが、一読者としては「お手並み拝見」となったわけです。

果たして、そのヤジウマ的期待は読み終えてみると、嬉《うれ》しいことに見事に当たっていました。『しゃばけ』が繊細にして大胆で、オリジナリティ溢《あふ》れる鮮やかな物語であったことは、既読の皆さんにも同意して頂けると思いますが、その世界は、本書『ぬしさまへ』から『ねこのばば』『おまけのこ』と次第に奥行きと広がりを増しています。

本書に収録されている「空のビードロ」で、一太郎の異母兄・松之助の生い立ちや、『仁吉の思い人』で仁吉の恋心が語られたように、『ねこのばば』でも『おまけのこ』でも、登場人（とは限りませんが）物たちの過去や心情が描かれている。もちろん本シリーズは「江戸を騒がす事件を解き明かす」「推理帖《ちょう》」であり、そうしたミステリー要素にも充分読みどころはあるのですが、こうしたいわばサイドストーリー的な部分が、毎回組み込まれているのは、シリーズを最初から読み継いできた読者にとって、何とも堪《こた》えられないお楽しみ。嬉しいサプライズとなっています。

さらに、加えて留意しておきたいのが、主人公・一太郎の人となり、です。推理物の主人公にあるまじき病弱さを誇る（？）一太郎は、容姿端麗、頭脳明晰《めいせき》ではあるものの、穿《うが》った見方をすれば、甘やかされ放題のおぼっちゃま。妖怪たちの力を借りずに、事件を解決することは不可能だし、忙しい家業の役にも立っているとは言い難い。時には我儘《わがまま》を言ったり、勝手な行動に出て、仁吉や佐助を困らせ、両親を心配させることだってあります。

けれど、これは読者の皆さんも同じだと思いますが、私は一太郎を「鼻持ちならない金持ちぼんぼん」だと感じたことはありません。それはひとえに一太郎自身が、そうした「甘やかされ放題」な自分の立場に「甘えていない」と知っているから。本書の最終章「虹を見し事」には、一太郎が〈(そうでないと私は本当にいらない人になってしまう)〉と誰にも打ち明けられない不安を抱えて思い悩む場面があります。口に出せば、少しは気も晴れると、周囲の人々や手代たちは、きっと自分を慰めてくれる、とわかっていても、いや、わかっているからこそ、誰にも言えない、言わない一太郎の誠実さに、胸をうたれるのです。

どんな事件がきっかけとしてあったのかは、これから本書を読まれる方のために控えますが、本書のラストシーンで、一太郎はこんなことも思います。

〈(私は……私は本当に、もっと大人になりたい。凄いばかりのことは出来ずとも、せめて誰かの心の声を聞き逃さないように)〉

〈(いつかきっともっと大人に、頼られる人になりたい)何かやりようはあるはずだ。

〈妖《あやかし》たちに頼ってばかりでないように〉〉

その結果、本書以降、一太郎はますます知恵をめぐらせ、最新刊の『おまけのこ』では、なんと吉原の禿《かむろ》と駆け落ちするとまで言い出すのですが、その楽しさはさておき、畠中恵さんは、こうした物語の骨組みの周囲を描くことが本当に巧い。推理物であるにもかかわらず、何度も読み返したくなり、そのたびに前回とは少し違う景色が「見える」小説は実に希少な存在です。これは、シリーズ以外の作品『百万の手』（東京創元社）や『とっても不幸な幸運』（双葉社）でも確かに感じられる、誰にも負けることのない畠中さんの強みではないでしょうか。

これから先、この「しゃばけ」シリーズがどこまで続くのか。それは誰にも、恐らく著者の畠中さん自身にも、まだわからないと思います。一太郎が「妖たちを頼らず」「大人になった」ときが、ひとつのゴールなのかもしれません。が、出来ることなら、そのゴールはまだまだずっと先であって欲しい。一太郎が妖怪たちと共に生きる世界をいつまでも見ていたい。その場所で、もっともっと心を遊ばせていたい——。

もうすっかり「大人」なくせに、我儘な願いだとわかってはいますが、「魅せられて」しまった身としては、切にそう願わずにはいられないのです。

（平成十七年十月、書評家）

この作品は平成十五年五月新潮社より刊行された。

ぬしさまへ

新潮文庫　は－37－2

平成十七年十二月一日　発行
平成十八年七月二十五日　七刷

著者　畠《はた》中《なか》恵《めぐみ》

発行者　佐藤隆信

発行所　株式会社　新潮社

郵便番号　一六二―八七一一
東京都新宿区矢来町七一
電話　編集部(〇三)三二六六―五四四〇
　　　読者係(〇三)三二六六―五一一一
http://www.shinchosha.co.jp

価格はカバーに表示してあります。

乱丁・落丁本は、ご面倒ですが小社読者係宛ご送付ください。送料小社負担にてお取替えいたします。

印刷・大日本印刷株式会社　製本・憲専堂製本株式会社

ISBN4-10-146122-8 C0193